「──全力で来い。存分に死合《しあ》おうではないか」
リア・ハインベルト
リ・ウェイロン

「奇遇だな。俺も戦いが好きなんだ」
ヴィーナ
アブロ

転生無敗の拳法使い

～最強の暗殺者は
異世界で武の極致を超える～

結城絡繰

ぶんか社

C O N T E N T S

プローグ

満月の浮かぶ夜。

私は高速道路の縁に立っていた。

吹き抜ける風が、紅《あか》い上着をはためかせる。老骨の身に染みる寒さだった。

もっとも、その程度で動きが阻害《そがい》されることはない。たとえ灼熱や極寒に襲われようと、ほぼ万全の調子を維持できる。

「…………」

少し視線をずらすと地上が見える。それなりの高さだが、恐怖は微塵《みじん》もなかった。落下したところで死ぬわけでもない。

高速道路を通りかかる車が、たびたび奇異の目を向けてきた。たまにクラクションを鳴らされるも、今の私にとってはどうでもいい。別に気にすることではなかった。

なぜ私がこのような場所にいるのか。それは私が暗殺者で、始末すべき標的がここを通過する予定だからだ。

実に単純な話であった。何も難しいことではない。もう何十年と繰り返してきたことだ。朝食の献立を決めるように、日常の一環と化している。

（そろそろだろうか）

遥か遠方に白いリムジンが見えた。前後に護衛車を引き連れてこちらへ接近しつつある。私は目を凝らしてナンバープレートを確認する。間違いなく標的だった。

私は縁から下りると、静かに歩みを進める。そのまま道路の真ん中まで移動した。ちょうどリムジンの進路上で停止する。間に無関係な車両はおらず、正面から対峙《たいじ》する位置だった。

「…………」

護衛車とリムジンが急速に接近する。途中、先頭を走る護衛車の動きが僅《わず》かにぶれた。私の姿に気付いたのだろう。

一瞬の逡巡《しゅんじゅん》を経て、護衛車は加速を始める。私を轢《ひ》き殺すと決めたようだ。エンジンの凶暴な唸《うな》りが夜空に響き渡る。

私は全身の力を抜き、自然体を意識した。その状態で右脚をほんの少し浮かせる。

護衛車はすぐそばまで迫っていた。勝ち誇った運転手と目が合う。口内で光る銀歯まで視認できる距離だった。

「――行くぞ」

私は目を見開いた。精神を静から動へと切り替える。構えを取りながら、真っ直《す》ぐに震脚《しんきゃく》を繰り出す。

踏み下ろした足が道路を陥没させた。そこを起点に、前方へと亀裂が走っていく。破壊の波が伝播《でんぱ》し、目前まで迫る護衛車を衝撃で打ち上げた。護衛車は縦回転をしながら宙を舞う。

後続のリムジンと護衛車も同様に跳ね上がった。

二台の護衛車は激しく横転し、その弾みで高速道路から落下する。下方から衝突音が聞こえてきた。あの具合だと、中の人間は死んでいるだろう。

道路全体が軋《きし》み、大きく揺れて傾いた。やがて亀裂の走った地点が丸ごと崩落《ほうらく》する。震脚の衝撃に耐え切れなかったのだ。

崩落部分の先では、無関係な車両が慌てて停車していた。紙一重で落下を免れている。あと少しブレーキを踏むのが遅ければ、地面に衝突していただろう。

「………………」

私は無言で振り返る。少し先には、ひっくり返ったリムジンがあった。車体から白煙が上がり、スーツ姿の男達が這《は》い出そうとしている。私は歩いて近付いていく。

その間に男達が車外に抜け出した。数は三人で、揃って小銃を携えている。照準は当然のように私を狙っていた。

「死ねェ！」

口汚い言葉と共に、一斉射撃が始まった。

私は弾丸を凝視して軌道を見切る。躱《かわ》すまでもない。命中する弾だけを四肢《しし》で受け流していった。

「何……っ⁉」

「どういうことだ……ふざけんじゃねぇよッ！」

「嘘、だろ……？」

動揺する男達は、それでも必死に射撃を続ける。しかし、すぐに弾切れに陥った。引き金を引いても、虚しい音が繰り返されるばかりであった。

私の被害と言えば、破れた衣服と無数の掠《かす》り傷くらいだ。両腕の傷は、僅かに血を滲《にじ》ませている。左右の脚も同じような状態だった。

（……衰えたな）

私は自らの老いを痛感する。

悲観したくなるも、生憎《あいにく》とそのような場合ではない。今は依頼を遂行するのが優先であった。

私は跳躍し、男達の一人に狙いを付ける。その男は銃の弾倉を換えようとしていた。焦りで手元が狂い、難儀しているようだった。

私はその無防備な肩口に手刀を割り込ませる。

指先が男の胸部までを両断し、血飛沫《ちしぶき》を迸《ほとばし》らせた。私はそれを真正面から浴びる。紅い上着にさらなる深みが加えられた。

「ぎ、が、ぁっ……」

男は奇妙な声を洩らしながら地面に沈む。そのまま立ち上がることもないまま息絶える。私はリムジンを乗り越えると、二人目の男へと襲いかかった。

「うおらぁッ！」

二人目は果敢に殴りかかってきた。

とは言え、素人の動きである。目を閉じていても当たらないだろう。

私は拳を掴むと、関節を無視して捻《ひね》り上げる。

「い、ぎぇ、だだだだだだ！」

男は銃を捨てて悲鳴を上げる。

私はその顔面に掌打《しょうだ》を叩き込んだ。男の頭部が爆発し、脳漿《のうしょう》が木端微塵《こっぱみじん》になって飛び散る。

首から上を失った男は、糸が切れたように倒れた。

「ふむ」

私は三人目を見やる。男は小銃をこちらに向けていた。再装填《そうてん》が完了している。仲間の死を無駄にはしなかったようだ。

「うあああああああっ！」

絶叫に合わせて小銃が火を噴く。

私は這うような姿勢で接近して射線から外れた。そこから小銃を蹴り上げる。

「あ、え……？」

無手になった男は、呆然と己の両手を眺める。

すべての指が折れていた。私に小銃を蹴られた際に負傷したのだ。

私は男の首に手を添え、瞬時に圧迫する。

男は意識を喪失して崩れ落ちた。その首を踏み折って命を奪う。

「…………」

三人を殺した私は、リムジンに視線を移す。

車内にまだ気配が残っていた。荒い息遣いも聞こえる。

私は屈《かが》んで車内を覗き込む。

そこには、拳銃を構える壮年《そうねん》の男の姿があった。

事前に渡された写真と同じ顔だ。すなわち此度《こたび》の依頼の標的である。

「く、来るなッ！」

吠える男が拳銃を発砲した。

私は弾を指でつまみ取る。至近距離だが問題ない。こういった不意打ちにも慣れている。

「くっ……！」

男は驚愕《きょうがく》するも、続けて射撃を行ってきた。私は残る指で弾丸を挟んで止めていく。そして、弾切れが訪れた。

「助けてくれ！　いくらで雇われたんだ、言ってみろ！　俺はその五倍……いや、十倍は出してやる！　だから――」

男の命乞いを無視して、私は弾丸を捨てる。

指先が火傷《やけど》し、爪が少し割れていた。赤くなった皮はめくれている。

昔なら無傷だったが、やはり老いには勝てない。

私は底部を晒《さら》すリムジンによじ登った。

そこへ拳を打ち込む。リムジンが元の五分の一ほどの厚さまで圧縮され、真っ二つにへし折れた。殺し切れなかった衝撃が、道路に亀裂として放射される。またもや道路の一部が崩落した。

構えを解いた私は、変わり果てたリムジンを見下ろす。道路との隙間から腕がはみ出していた。じわじわと血が広がっていく。

それを確認した私は、一度も振り返らずにその場を立ち去った。

標的は無事に始末した。ここに長居する意味もない。いずれ騒ぎを聞きつけた警察がやってくるだろう。後が面倒なので、なるべく鉢合わせしたくなかった。


そうして私が移動した先は、小さな公園だった。先ほどの現場からは離れている。

(この辺りまで来れば大丈夫か)

私は端のベンチに座った。そこで呼吸の乱れを自覚する。この程度のことで疲労するとは、我ながら本当に情けない。他人にはとても見せられない姿であった。自己嫌悪もそこそこに、私は夜空を見上げる。

これから私は帰宅する予定だった。翌朝には、暗殺の報酬が振り込まれているだろう。目も眩《くら》むような額だ。使い切れもしない大金である。

その金で生活するうちに、悪党から新たな依頼が来る。また別の悪党を殺す仕事だ。

同じ時期に依頼が被った場合は、その日の気分で一方を選ぶ。選ばない時はない。週に一度の間隔で、私は悪党を殺し続けてきた。ここ数十年の習慣である。

「……虚しい」


私は一体何をしているのか。齢《よわい》九十にもなった老人が、陰惨な暗殺者とは。

それも玩具を持っただけの小僧共を叩き潰す作業である。

誇りや仁義など欠片《かけら》も存在せず、残るのは汚れた金と老いの自覚だけだった。

(私はこのような日々を送るために拳を磨いてきたのではない)

技を極めし武人と死合《しあ》うためだ。

血潮が沸き立ち、命を削る戦いを求めている。それを夢見て果てしなき鍛練を積んできた。

しかし、現実は非情だった。

私は、ただの一度もそのような瞬間を味わったことがなかった。誰も彼もが銃や爆弾を使う。或《ある》いは戦車や戦闘機だ。

私は生涯において様々な国を渡り歩いてきた。

軍人を志したり、傭兵《ようへい》として名を馳せたこともある。武術を修める者達と邂逅《かいこう》したこともある。

だが、私の心を躍らせるような相手と出会うことはなかった。

そうして未練を断ち切れず、今の私は闇社会に身を置いている。

何かの奇跡で目的が果たされるのではないか。そんな淡い期待を抱いて生きてきた。どうにか死ぬ前に望みを叶えたい。老い先僅かな私にとって、それだけが願いであった。

「…………」

深く長い息を吐く。身体が重たい。疲労ではなく、精神的な要因によるものだろう。

私は目を閉じる。夜明けまで少し休もう。

心が摩耗《まもう》していた。情熱が失《う》せ、今にも枯れようとしている。

考えることをやめた方がいい。

今は休息に専念したかった。雑念を追い出し、全身から力を霧散させる。

私の意識は、奥底へと静かに下降していった。

第一章

目を開けると、私は見知らぬ場所に倒れていた。

白一色の草原だ。草も大地も白く、空は闇に覆われている。星々は見えず、三日月だけが浮かんでいた。

（ここは……？）

私は立ち上がる。

拉致された記憶はない。ここへ連れてこられたにしても、放置されているのは不自然だ。

一体何が起こったのか。怪訝《けげん》に思いながら辺りを見回していると、唐突に声が聞こえてきた。

「目覚めましたか」

振り向くとそこには、銀髪の若い女が立っていた。

どこかの民族衣装のような白い服を着ている。

調和のとれた独特の雰囲気を纏《まと》う麗人《れいじん》だ。

その女は、少し先に佇《たたず》んでいた。

先ほどまではいなかったはずである。接近してきたのなら、まず察知できたろう。

どうやら彼女は、唐突に出現したらしい。

その事実に気付きながらも、私は臆せず問いかける。

「君は誰かね」

「わたしは神です」

「ふむ、神か」

私は素直に頷《うなず》く。自然と受け入れられる答えだった。

一方、神を名乗る女は不思議そうな顔をする。

「意外ですね。驚かれないのですか」

「ここは超常的な空間だ。あまりにも現実から乖離《かいり》している。神の住まいと考えれば納得もできる」

ついでに言うなら、女自身の佇まいも判断基準となった。まるで人間味が感じられない。この場の異常性を象徴しているかのようだった。

そもそも、私を攫《さら》うことは至難の業である。

何かあれば事前に察知できる。今回のように知らない場所で目覚めるなど、普通ならば絶対にありえない。

神隠しに遭ったのだと考える方が、よほど合点がいくのだ。

連れてこられた理由については分からなかった。

人を殺しすぎたせいだろうか。その罰を今から科せられるのであれば、反論の余地はなかった。

甘んじて受け入れるしかあるまい。

あれこれと考えていると、神は淡々と私に告げる。

「突然ですが、あなたは死にました。死因は老衰です」

「そうか……」

私は告げられた事実を反芻《はんすう》する。自らの生死については、薄々ながらも勘付いていた。身体が妙に軽いのである。

霊体といった感じではなく、しっかりと生身だ。しかし、なんとなく違和感があった。老衰というのも納得できる。

病気を患っていたわけではない。直前の仕事でも、致命傷を負った覚えがなかった。

死の原因は、おそらく心が弱ったせいだろう。あれが隙となってしまったのだ。

私は、本来の寿命を大幅に超過していた。それを執念で捻《ね》じ伏せていたのだ。心に隙ができたことで、老衰してしまったらしい。

無念だ。志半ばで、死を迎えてしまった。

後悔を感じるも、心は思ったより冷静だった。

己の死に安堵している自分がいた。もう苦悩しなくていいのだという考えが過《よ》ぎる。

その甘さに自己嫌悪を覚える間に、神は話を進めていく。

「本来は魂を浄化して輪廻《りんね》させるところですが、今回は話があってここに来ていただきました。あなたに依頼があります」

「私に依頼？　殺しか」

尋ねながらも、半ば以上は確信していた。

他ならぬ私に頼むのだから、察しくらいは付く。それしか考えられなかった。

案の定、神は首肯《しゅこう》する。

「ええ。わたしの管轄する世界の一つに行ってもらい、そこで魔王を殺していただきたいのです」

「魔王？　それは何者だ」

聞き慣れない単語に、私は眉間に皺《しわ》を寄せた。

こちらの質問を受けた神は、懇切丁寧《こんせつていねい》に説明をする。

魔王とは、地球とは異なる世界にいる怪物らしい。世界の欠陥によって誕生し、創造に反逆する存在だという。

不定期に起こる現象の一つとのことで、機械の不具合に近いものだそうだ。

魔王は強大な力を有し、魔族と呼ばれる配下を使役している。

私が向かう世界では、そのような存在が各地に降臨するらしい。

複数の個体が現在進行形で暗躍していたり、密かに復活を遂げようとしているとのことだ。

邪悪な魔王達は、いずれ世界を滅ぼす。

彼らを殺して世界の滅びを食い止めるのが、神から依頼された私の役目であった。

神の推算によると、このままだと五年後に世界が滅亡するらしい。なかなかに深刻な事態だった。

「管理者であるわたしは、世界への干渉ができません。原則的に傍観のみと決まっており、その行く末を見守る役目を担っています。したがって魔王の直接的な排除は不可能です」

「そうか」

私にはよく分からない。ただ、神が言うのだからそうなのだろう。

詳しい事情を聞いたところで、理解できないのは目に見えていた。神には神の決まりがあるということだ。

「例外的な干渉方法の一つが、他世界の人間を送り込むことです。これについては過干渉に分類されません」

「つまり今回の私のような事例か」

「はい、その通りです」

女神は首肯する。

私はその例外的な措置《そち》に利用されることになったらしい。それに対する抵抗感や怒りはなかった。利用されることには慣れている。今更、何も思うまい。

「現在、その世界で勇者召喚の魔術が行使されています。あなたをこの術に乗じて送り出す予定です」

「つまり私は、勇者とやらになるのか」

「そういうことですね」

神は当然の如《ごと》く頷いた。そこまでの話を理解した私は自嘲《じちょう》する。

（暗殺者だった私が、まさか勇者を名乗ろうとは……）

なんとも皮肉な出来事であった。

日陰の道を歩んできた人生を思えば、目が眩むほど華々しい。嫌悪感はないものの、なんとなく据わりの悪さを覚えてしまう。

こちらの内心を知ってか知らずか、神は私に問いかける。

「ご不満ですか」

「そんなことはない。ただ、私が選ばれた理由は聞いておきたい。勇者に相応《ふさわ》しい者など、他にいくらでもいるだろう」

古今東西、様々な英雄が怪物殺しの偉業を成し遂げている。死者を蘇らせて異世界に送り込むのなら、そういった者達を選んだ方がいい。

わざわざ薄汚い暗殺者の老人を選ぶ道理が理解できなかった。

神がその気になって調べれば、もっと適任者がいるはずだろう。

私の疑問を受けた神は、なぜか嘆息《たんそく》を洩らした。少し残念そうな眼差《まなざ》しを向けてくる。彼女は諭《さと》すように語る。

「リ・ウェイロン。あなたは現代における最強の拳法使いです。生憎と時代には恵まれませんでしたが、その強さは紛《まぎ》れもなく人類最高峰です。そんなあなただからこそ、例外的な措置で勇者になっていただきたいと考えました」

「………………」

私は沈黙する。

神に認められるとは光栄なことだ。またとない機会である。武の極致を追求した甲斐《かい》があったというものだった。

「言い忘れていましたが、異世界にはあなたの求める闘争があります」

「――何？」

私は神の言葉に反応する。

聞き捨てならない話であった。穏やかだった心に、衝動の火種が燻《くすぶ》る。

「地球ほど文明が発展しておらず、銃もない世界です。剣や弓といった武器が主流と言えば、概《おおむ》ね伝わりますでしょうか」

「なるほどな……」

私は神の話を瞬時に理解した。

地球とは異なる世界は、戦い方も現代的ではないらしい。正直、細かなことはどうでも良かった。

これから向かう世界には、武を極めし者達がいる。私を凌駕《りょうが》する達人がいる可能性もあった。神はそう言っているのだ。

胸中の諦念《ていねん》が瓦解《がかい》し、その奥から闘志が溢れてくる。

長らく感じていなかったものだ。大いなる期待が膨れ上がってくる。それを止める術《すべ》を私は持たない。

「わたしは管轄世界の問題が解決できて、あなたは生涯の悲願が叶う。互いにとって良い条件だと思いますが、どうでしょう。引き受けていただけますか」

「ああ、やらせてもらう。私に任せてほしい」

私は縋《すが》るように即答した。

これだけの話を聞いた以上、断れるはずがない。向こうから誘われていなかったとしても、私は異世界へ行けるように懇願していただろう。それほどまでに魅力的な案件であった。

神は私の答えを受けて微笑《ほほえ》む。

「ありがとうございます。ではさっそくですが、あなたには勇者としての能力を授けましょう」

「能力?」

「はい。魔王は規格外の存在です。常人では太刀打ちできません。対抗するには、それに見合った能力が必要となります」

そう言って神は、能力の例を提示していった。

万物を斬る剣の生成。様々な術の適性。超怪力。無限の魔力。

そういった異能を餞別《せんべつ》として与えてくれるらしい。

ただし、貰える能力は一つだという。過剰に能力を渡すと、それが原因で新たに世界が乱れる恐れがあるそうだ。

神が胃痛を堪《こら》えるように説明する様を見て、私はなんとなく想像が付いた。

与えた能力が原因で、問題が発生したことがあるのだろう。同じ過ちを犯さないようにしているようだ。何はともあれ、私は選択しなければいけないらしい。魔王を倒すための武器を、自分で考える必要があった。

「あなたの望む能力を授けます。遠慮なくおっしゃってください」

「……ふむ」

私は腕組みをして思案する。

果たして己が求める異能とはなんなのか。

殺害対象である魔王に対抗し得る力となると、生半可なものでは歯が立たない。具体的にどういった存在かは知らないが、神が規格外と評するほどだ。相応の実力者なのだと思われる。

(小難しいことを考えるのは苦手だ)

私は頭を悩ませながら唸る。

老いてからは、余計に考えるのが苦手になった気がする。困ったものである。思考を停止させた方が、精神的に楽だからだろう。

しかし、苦手でも悩まなくてはいけない。今後に大きく関わることだ。

他ならぬ神の提案である以上、真面目に答えるべきである。

(尖《とが》った能力は強いが、使える状況が限られる。やはり汎用《はんよう》性を重視しなくては……)

私は何度も思考を巡らせる。魔王との戦いを想定して、様々な候補を挙げては却下する。ただひたすらにその繰り返しだった。


どれだけの時間を思考に費やしたのだろうか。

それが分からなくなってきた頃、私はようやく一つの結論に辿《たど》り着く。

悩み果てた末、結局はその能力しかありえなかった。

脳内で結論を下した私は、神に向けて要望を伝える。

「若さだ」

「……はい、なんでしょう？」

神は笑顔のまま応じる。

しかし、若干ながら困惑している様子だった。上手《うま》く意味が伝わらなかったらしい。

だから私は、繰り返し述べる。

「──若さをくれ。それだけでいい」

「本当に、それでよろしいのですか」

「問題ない。十分だ」

私の最たる敵とは、すなわち老いだ。

どれだけ肉体を鍛え上げても、全盛期から衰えていく。戦うたびにそれを痛感してきた。長年の苦痛の原因でもあった。

それを解消できるのだとしたら、これほど嬉しいことはあるまい。万金以上の価値がある。

無論、私欲から若さを望んだわけではない。

私には鍛え上げた武術がある。

虚無《きょむ》の人生で習得した唯一の武器だ。

老いた身では錆《さ》び付く一方だが、若さがあれば話は異なる。この拳は、災厄《さいやく》である魔王にすら通用するだろう。私はある種の確信を抱いていた。

「分かりました。では授けましょう」

神は私の願いを承諾すると、静かに両手を掲げた。

そこに光が生じる。

光は流れるようにしてこぼれると、頭上から私へ降り注いできた。

温かい力が浸透してくる。同時に全身の変容を知覚した。

絶えず軋みながら、肉体の形が歪《ゆが》んでいく。

痛みに近い感覚もあったが、目を閉じてそれらを受け入れる。

やがて光は消えた。間を置かず、神の声が聞こえてくる。

「あなたの肉体は全盛期まで遡《さかのぼ》りました。決して老いることはありません」

「………」

私はそっと目を開けると、己の身体を見下ろす。

そこには、筋肉で盛り上がった体躯《たいく》があった。張りのある肌で、健康的な血色をしている。

視界も明瞭《めいりょう》だった。目線も高くなっており、背筋がよく伸ばせる。

力が底無しに漲《みなぎ》ってくるようだった。

次に私は頭に手を伸ばす。引き抜いた髪の毛は、艶やかな黒色だった。顔を撫《な》でるも、皺など一つもない。

鏡を確かめずとも分かる。どうやら私は、本当に若返ったようだ。

「……素晴らしい。神よ、礼を言う」

「喜んでいただけて良かったです」

神に感謝を述べていると、足元が発光し始めた。円形の奇妙な紋様が浮かび上がる。

「召喚術があなたを呼び寄せ始めたようですね。そろそろ時間のようです」

神は私の前まで来ると、胸に手を当ててきた。ほんの一瞬、視界にずれが走る。

「何をした」

「肉体の再構成です。異世界でも言葉が通じるように調整しました」

神は朗々と答える。

今から向かうのは異世界だ。既知の言語が通じないため、神が気を利かせてくれたらしい。彼女は温かな笑みを湛《たた》えて私に語りかける。

「魔王殺害を依頼しましたが、それ以外に関しては自由になさってください。わたしから文句を言うことはありません」

「すまないな。感謝する」

私は頭を下げる。これほどの恩を受けたのだ。必ず報いなければ。すなわち彼女からの依頼——魔王殺しを完遂するのである。

決意する間にも、足元の光がだんだんと強まっていく。吸い込まれるような感覚も生じていた。

顔を上げた私は、神と目が合う。彼女は、もう一度だけ微笑んだ。

「それでは、第二の人生をお楽しみください」

別れの言葉を告げることなく、私の視界は暗転した。

◆

「せ、成功しましたっ！　勇者です！」

歓喜を滲ませる声がした。それに伴うざわめきも聞こえてくる。

私はゆっくりと目を開く。

そこは赤い絨毯《じゅうたん》の敷かれた室内だった。その中央に私は立っている。

足元で円形の紋様が発光しているが、すぐに色を失って消える。

神と対峙した部屋で見たものと同じだ。今の紋様が召喚術とやらであり、私をここへ転送したのだろう。

考察する一方、無数の視線が私に集まっていた。

部屋の両脇には西洋鎧《よろい》を着た兵士が並んでいる。遠巻きに眺める者を挙げると、気取った貴族服の男や紫色のローブに身を包んだ者などがいた。いずれも中世を彷彿《ほうふつ》とさせる出《い》で立ちの者達である。

最奥《さいおう》の玉座には、頭に王冠を載せた老人が座っていた。

紅のマントを羽織っており、威厳に満ちた雰囲気だ。

その居住まいからして分かる。老人は国王――或いはそれに類する地位なのだろう。

隣には、豪華なドレスを着た后《きさき》らしき女もいた。

こちらを興味深そうに見ているのは王子だろうか。親子らしき三人の王族は、私を見下ろす位置にある。

（ふむ。ここが異世界か）

観察を済ませた私は、状況を把握する。

どうやら無事にやってこれたらしい。特に肉体の不調等もなかった。

国王は座ったまま私に声をかける。

「異界の勇者よ。そなたの名を聞かせてほしい」

「リ・ウェイロン」

私は向き直って名乗る。別に隠すようなことでもあるまい。

国王は顎《あご》を撫でつつ思案していた。冷徹な眼差しは、私をつぶさに観察している。

「随分と落ち着いているな。ウェイロン、そなたは状況を理解しているようだ」

「魔王を殺すために呼ばれたと解釈しているが、違うかね」

私は国王に問う。すると、居並ぶ兵士の一人が激昂《げっこう》した。

「貴様！　陛下に対してなんたる言葉遣いだッ！」

「良い。儂《わし》が許す」

国王はその兵士を制する。

私の言動が無礼にあたったようだ。一国の長である人間に対し、敬意を払っていないのだから当然だろう。

私は特に悪びれることもなく弁明する。

「何分、学のない田舎者でな。寛容に見てもらえるとありがたい」

「気にするな。そなたを勝手に召喚したのは我々だ」

国王は私の言葉を受け入れる。気を悪くしたかと思いきや、意外と度量がある。

ただし、待機する兵士や貴族は、私に敵意を含む視線を向けていた。見下されているのは明白だ。

そのような空気の中、国王は話を進めていく。

「確認だが、そなたは勇者として魔王討伐《とうばつ》を為《な》してくれるのか」

「無論だ。そのために来た」

他ならぬ神からの頼まれ事である。

彼女は私に若さを与えた。その恩に報いるのだ。

義理は果たさねばならない。

私の答えを聞いた国王は微笑する。満足そうな雰囲気であった。

彼は少し前のめりになって私に頼む。

「協力感謝する。さっそくだが、勇者の能力を見せてくれぬか」

「そのような力は持っていない」

「何……？」

国王が怪訝な様子になる。私の返答が予想外だったらしい。

他の者達も困惑していた。

空気の変容を感じつつも、私は気にせず話し続ける。

「嘘ではない。若さこそが我が祝福である」

一度目の死を迎えるまで、私は摩耗する一方の老人だった。

そこから能力によって若返った。

間違いなく全盛期の肉体だ。

この上ない幸運であり、まさしく神の祝福と言えよう。

「魔力が一切感じられません。正真正銘、ただの一般人です……」

私を注視していたロープ姿の男が呟く。会話の間に何かを調べていたらしい。

それを聞いた国王の目に浮かぶのは、多大なる失望であった。他の者達も同様だ。

彼らの様子を鑑《かんが》みて、私は状況を察する。

どうやら召喚した勇者に特殊な能力を期待していたようだ。それを持たない私は、期待外れだったのである。

(歓迎されていないな)

これだけ露骨に落胆されれば嫌でも分かる。

長居したところで、互いに良いことはないだろう。そう考えた私は踵《きびす》を返すと、出入り口の扉へと向かった。

ところが、兵士の一人が進路に立ちはだかる。

「待て。どこへ行く」

「魔王を殺す。すぐにでも屠《ほふ》るべきなのだろう?」

神によれば、魔王は幾体も存在する。

各地に潜伏しているらしく、どのような災厄をもたらすか分からない。時間がかかると推察されるのであれば、さっそく動くべきだろう。

無言で兵士と睨《にら》み合っていると、国王が冷たい声音《こわね》で私に命じる。

「勇者よ。そなたには王国軍の指揮下で動いてもらう。勝手な真似《まね》は許さん」

「断る。そちらの流儀に合わせる気はない」

私は即答する。

軍属には嫌な思い出があるので、単身で行動したい。我ながら組織に向かない性格なのだ。

そもそも魔王を倒すのに集団行動など必要ない。国に縛られて動くのは、明らかに非効率的だろう。

私の答えを聞いて、国王の瞳の冷たさが増した。彼は念押しするように問いかけてくる。

「……従うつもりはないのだな？」

「忠誠は誓えないが、勇者の責務は果たす。魔王は私が殺すつもりだ」

神からの依頼は無視できない。魔王討伐は若返りの礼であった。

しかし、この国に対する興味はない。

あくまで最初に降り立った場所といった程度の認識だ。

彼らに従う義理など存在しなかった。

国王は頬杖をつくと、小さく嘆息する。

「そうか。穏便《おんびん》に事を運びたかったが、仕方ない」

国王が手を振って合図を送る。それを受けて、指揮官らしき兵士が反応して叫んだ。

それまで微動だにしなかった兵士達が一斉に動き出すと、あっという間に私を包囲する。彼らは槍の穂先を向けてきた。

「ふむ……」

私はその様を傍観する。

不用意に動けば、すぐに刺してきそうだった。事実、兵士達は命令次第で実行するだろう。彼らの動きには、それなりの練度が窺《うかが》えた。

剣呑《けんのん》な雰囲気が漂う中、国王が立ち上がって宣言する。

「リ・ウェイロン。今からそなたを隷属《れいぞく》魔術で縛る。能力を持たぬ勇者など重宝に値しない」

「私を捨て駒にする気か」

「これも国のためなのだ。王国に属する勇者が、魔王を倒すことに意味がある」

私はその答えを聞いて、彼の魂胆《こんたん》を理解する。

国王は、政治的な側面を視野に入れているのだ。

手持ちの戦力で魔王討伐を果たすことで、自国の強さを広めたがっている。そうして他国との外交や力関係に作用させるのだろう。

目立つ功績は、それだけで国内の支配力にも繋がる。国王は、世界を救うために魔王を倒したいのではなかった。

(下らない。異世界でも政治的な事情か)

私はため息を洩らす。

それが必要であるのは分かるが、巻き込まれたくない。

召喚前の世界でも、私と専属契約を結ぼうとする者達がいた。しかも断れば命を狙ってくるのだ。

そういった勢力を、私は何百と壊滅させてきた。たとえ世界が変わろうと、こういった部分は同じらしい。

私は深呼吸をする。四方八方を囲う槍には構わず、国王に忠告をした。

「あまり刺激しないでほしい。抑え切れなくなる」

「――何？」

「疼《うず》くのだ。この身体の滾《たぎ》りを発散したくて堪《たま》らない」

私は己の内に意識を集束させる。

そこには一つの衝動が渦巻いていた。飽和しつつある力を、思う存分に発散したいという衝動だ。

肉体が若返った反動だろうか。ここ数十年はなかったような感覚である。

いつになく攻撃的になりそうで、理性で留《とど》めるのも辛いほどだった。

一方で指揮官の兵士は、鼻を鳴らして私を嘲笑《ちょうしょう》する。

「ハッ、この人数を相手に戦おうというのか！　能力どころか、武器すら持っていない若造がっ！」

「武器など必要ない。我が身だけで十分だ」

私は淡々と断言する。

決して強がりではない。経験と自信に基づいた事実であった。

鍛え上げた武術の前では、数の不利など関係ない。素手だろうと最高の力を発揮できる。私は周りの兵士を見回すと、彼らに忠告をする。

「死にたくなければ今すぐ逃げろ」

ところが兵士は誰も従わない。互いに目配せをするばかりで、槍を下ろそうとしなかった。兵士として命令を全うするつもりらしい。何より数の優位からなる勝利を信じ切っているのだろう。

やがて指揮官らしき男は号令を発する。

「戯《ざ》れ言に構うな。捕縛しろ」

その言葉に反応した兵士達は、こちらに向けて踏み出そうとする。止まる気配はない。残念ながら戦闘は避けられなさそうだった。

それを悟った私は、方針を切り替える。

すなわち、暴力による突破である。

「仕方ない――」

まずは殺気を僅かに放出する。

次に両拳を軽く閉じて、腰を落として身構えた。

たったそれだけで、兵士達は硬直する。

「な、ぁっ!?」

「動け、ないだと……っ!」

「畜生！　ど、どうなってやがる!?」

兵士達はひどく混乱している。槍を取り落とす者も多発していた。

誰一人として、私に近付くことができない。

彼らは私の殺気を浴びて、本能的に恐怖してしまったのだ。だから筋肉が強張《こわば》って動けなくなっている。抵抗できた者はいないようだった。

私は震える兵士の間を歩いて抜ける。

真っ直ぐに指揮官を目指した。

「どうした!?　何をしているッ！　早くあの男を殺せェ！」

指揮官は焦りながら怒声を繰り返す。

動けない兵士達に命令を繰り返すも、当然ながらそれに従える者はいなかった。彼らは異常事態を前に慌てふためくばかりである。

唯一、指揮官には殺気を浴びせていない。そのように調整していた。

だから彼は動けるはずだが、一向に近付いてこなかった。

ただひたすらに罵倒《ばとう》交じりの命令を叫んでいる。

私は指揮官の前で足を止めた。

微《かす》かな苛立ちを自覚しながらも、冷淡に告げる。

「口ばかりではなく、自らの手で戦う気概を見せろ」

「異界の野蛮人が……ッ！」

激昂した指揮官が剣を掲げた。

その動きは、あまりにも隙だらけだった。繰り出された斬撃《ざんげき》も遅い。

私は片足を半歩分だけ前に進める。

爪先を中心にして、床に小さな亀裂が走った。重心を移すほどに沈み込んでいく。

前に出した足を起点に、私は左拳による突きを打ち放った。

拳は軌道上の剣を粉砕し、そのままの勢いで指揮官の胴体を捉える。

――次の瞬間、指揮官の上半身が木端微塵に爆散した。

◆

夥《おびただ》しい量の血肉がぶちまけられた。

それらは床や壁に撒かれる。近くに立っていた貴族が、鮮血を浴びて悲鳴を上げていた。

指揮官の下半身が、ふらついた末に倒れる。

断面からは、臓腑《ぞうふ》がはみ出していた。見るも無残な姿である。

(これは……)

私は眼前の結果を生み出した拳を一瞥《いちべつ》する。想像以上に凄惨《せいさん》なことになってしまった。

老人だった時の力加減や感覚で殴ったのが悪かったらしい。若返ったことで、勝手が変わったようだ。

実を言うと、軽く小突いたつもりであった。

本来なら、肋骨をへし折って心停止を促すだけのはずだった。芯を捉え切れなかったせいで、破壊力が無駄に拡散されたのである。

見た目は派手だが、突きとしての評価は及第点にも満たない。

若返りの影響は思ったより大きい。このままだと戦いに支障を来《きた》してしまう。

動かしながら調整して、感覚を掴んでいくしかないだろう。

反省を終えた私は拳を下ろす。

室内はやけに静かだった。人々は指揮官の死体を凝視している。青い顔で卒倒する者もいた。

殺気から解放された兵士達は、槍を構えている。

しかし腰が引けており、踏み出してくる気配はなかった。

立ち向かってくるだけの気概はなさそうだ。

指揮官の死は、見せしめとして十分な効果があったらしい。

しかし、ここで止まるつもりはない。

「ふむ」

私は指揮官を殺した拳を振る。付着した血が飛んだのを見て、兵士達は後ずさった。

膨らみ続ける恐怖がありありと感じられる。速まる鼓動を抑えながら、私は兵士達に歩み寄っていく。

「忠告はしたぞ」

その言葉を皮切りに、床を蹴って素早く前進する。

近くにいた兵士に狙いを付けると、反応される前に蹴りを繰り出した。

音速を超えた踵《かかと》が兵士の顔面を抉《えぐ》る。折れた歯が弾けたように飛散した。

白目を剥《む》いた兵士は、跳ね上がりながら後ろへ倒れていく。

私は体勢を戻しつつ、片手を床についた。そこから掻き進むように跳んで、別の兵士との間合いを詰める。

「ひいっ!?」

兵士は目を見開いて震える。真正面から肉迫した私は、兵士の胴に両拳を打ち込んだ。

くぐもった破裂音が響き渡る。

余分な衝撃が足から伝播し、床を陥没させた。刹那《せつな》、打撃を受けた兵士が高速で吹き飛び、窓を突き破る。そのまま落下して姿が見えなくなった。

(今度は芯を捉えられたな)

攻撃の具合に満足していると、左右から兵士が襲いかかってきた。

彼らは槍で私を突こうとしている。隙を狙おうとする姿勢は悪くないものの、洩れ出る殺気のせいで奇襲になっていなかった。

私は迫る穂先を両手で受け流す。

軌道を変換された刺突《しとつ》は、左右の兵士にそれぞれ命中した。

悶絶する二人の首を手刀で刈り取り、一方の生首を蹴り飛ばす。高速回転する生首は、前方の兵士にぶつかった。

「うわっ!?」

怯《ひる》ませた兵士の咽頭《いんとう》に肘撃《ちゅうげき》を打つ。

骨と肉をまとめて叩き潰す感触。

激しく痙攣《けいれん》する兵士は、赤い泡を噴いて沈んだ。

追撃で後頭部を踏み砕いたところで、私は動きを止める。

だんだんと力の加減ができるようになってきた。

身体は驚くほどに軽く、体力も無尽蔵《むじんぞう》のように感じられる。この調子なら三日三晩でも戦い続けられるだろう。やはり若さとは偉大だった。

神の祝福に感謝していると、少し離れた地点から殺気を感じた。

ローブを着た者の一人が、杖から火球を放ってきた。

真っ赤な火球は、私へと飛来してくる。

(奇妙な術だ)

この世界特有の力だろうか。異世界召喚の他にも、様々なことができるようだ。

私は短く息を吐き出すと、震脚で間合いを定める。そこから掌底《しょうてい》を火球に当てた。

衝撃を受けた火球はあっけなく霧散する。

手のひらを見ると、ほんの僅かに火傷していた。しかし、それは薄れて消えてしまう。

「……ほう」

若い頃は傷の治りも早かったが、これはさすがに異常である。

原因を考えるも、思い当たるのは一つしかない。

神は私の肉体を全盛期にしたと言った。おそらくその定義とは、年齢だけに限ったことではない。

全盛期とはすなわち、健康な状態を指すのだろう。

病気や傷を負った場合、即座に治癒《ちゆ》が始まるようだ。

（これはいい）

さすがに不死身ではないだろうが、傷が治りやすいのは便利である。細かな傷を気にしなくていいのは楽だ。状況次第では活かしていこうと思う。

「くたばれッ！」

ローブの術者が再び杖を向けてきた。

空気の揺らぎと共に、見えない何かが接近してくる。

私は精神を集中させて、迫るそれに手刀を合わせた。上手く軌道をずらして受け流すことに成功する。

「ぎゃぁっ⁉」

背後で断末魔が上がった。

腰を抜かした兵士の顔面が割れている。まるで鋭利な刃物で切られたような傷だった。

どうやら術者は、風の刃を飛ばしてきたらしい。

（面白い。色々な現象を発生させられるのか）

剣や槍で戦う場で、炎や風を操れるのは大きい。有用性を考えれば破格の能力と言えよう。

他のローブを着た者達も、同じように術を使えるだろうか。だとすれば、是非《ぜひ》ともこの目で確かめたい。

興味を覚えた私は、彼らを挑発する。

「もっと見せてみろ」

ローブの術者達が、一斉に火球や風の刃を飛ばしてきた。その中には、弾丸のように飛んでくる水や稲妻も混ざっている。やはり他にも攻撃用の術があるようだ。

私は床を這うように疾走し、それらの術を躱しながら距離を詰める。

回避が難しい場合は、手刀を以《もっ》て受け流した。

いずれの術も強力だが、対処は簡単だ。たとえ直撃しても、若くなった肉体ならば軽傷に留まるだろう。

術者の一人に狙いを付けた私は、四肢で床を叩いて跳躍する。

驚愕するその顔面に膝蹴りを食らわせた。術者の顔面は、腐敗した果実のように破砕《はさい》する。跳ねた血が私の頬を濡らした。

(術の使用に意識を取られている。近接戦が不得手なのか)

分析する私は、両手足で着地すると、間を置かず、肉食獣のように別の術者へ跳びかかった。

下から打ち上げるように蹴りを当てると、浮かび上がった術者の足首を掴む。

術者を鈍器のように振り回して、他の者達を一掃した。

倒れた彼らの首を踏み砕き、或いは掌打で破壊する。

至近距離から術を撃とうとする者もいたが、発動前に察知して仕留めた。

視線と予備動作に気を付けていれば、反撃されることもない。起き上がる前に命を奪っていき、ついにはローブ姿の術者を全滅させる。


術であちこちが破損した室内には、静寂が沈殿《ちんでん》していた。

血の臭いが充満し、むせ返るような空気を醸《かも》し出している。

飛び散った血肉や臓腑が各所を穢《けが》していた。

拳から血の滴《したた》り落ちる音がする。ぽつぽつと一定の間隔で落ちていた。私は部屋の端に固まる人々にふと視線を向ける。

刹那、彼らは半狂乱に陥った。

怒声や悲鳴を上げながら、私を迂回《うかい》するように出入り口へ殺到し始める。

我先にと逃げ出す者の中には、兵士の姿もあった。いくら国に忠誠を誓ったと言っても、眼前の恐怖には耐えられなかったらしい。

騒然とする人々はあっという間に避難していく。死体が散乱する室内に残るのは、王とその家族と一部の勇敢な兵士のみであった。

しかし残る兵士も、率先して私に挑もうとはしない。

それだけの勇気はないようだ。

（この程度か……）

密かに失望していると、出入り口から轟音《ごうおん》が聞こえてきた。

振り返ると扉と壁が破壊されており、一人の兵士が屈むようにして登場するところだった。まるで熊のような巨躯を鎧で包んだ風貌だ。

携えるのは鉄板のような大剣である。兜《かぶと》から覗く目は、ぎらぎらとした戦気を放っていた。

「ほう……」

自然と微笑みながら、私は拳を構える。

おそらく部屋の外で警備をしていた兵士だろう。異変を察知して、私を殺しに来たらしい。

この者は、他の兵士とは一味違う。私を前にしても、怯《おび》えることがない。

それどころか、殺気を研《と》ぎ澄ましていた。

私と大剣使いの兵士は、無言で対峙する。

互いの殺気が、きりきりと空気を締め上げていく。息の詰まるような緊張感だ。その感覚に私は歓喜する。

先に動いたのは大剣使いだった。

見た目からは想像もできない速度で前進すると、壁や床を擦《こす》りながら大剣を掲げ、それを大上段から振り下ろしてきた。

頭上から落ちてくる刃を、私は片手の五指で挟んで止める。伴う衝撃は、足元から床へと逃がした。床に新たな亀裂が何重にも走る。そろそろ崩落しそうだった。

「……ッ！」

大剣使いが驚愕する気配を見せる。

彼は柄を握る手に力を込めて、必死に動かそうとしていた。しかし、私が掴んでいるせいでびくともしない。

大剣使いの戦法は、単純明快だった。

優れた身体能力を駆使して、圧倒的な一撃で相手を叩き斬る。

彼ほどの膂力《りょりょく》ならば、常人の防御など関係ない。間合いも広く、反撃を恐れずに仕掛けることができる。

まさに一撃必殺を体現した戦法だった。

親近感を覚えた私は大剣使いに呟く。

「——奇遇だな。同じことを考えていた」

私は腕を引きながら前に躍り出る。

最適な間合いを取ったところで、瞬時に重心を移動させた。呼吸を合わせて、拳を捻りながら放つ。

突きは大剣使いの鳩尾《みぞおち》を捉え、金属鎧にめり込んだ。

力を一点に束ねながら、僅かな抵抗感を貫くように穿《うが》つ。

大剣使いの体内で、何かが爆発した。

衝撃の余波が壁や床を揺らす。室内のすべての窓が、癇癪《かんしゃく》を起こしたように砕け散った。

私は大剣使いから離れる。

彼は動きを止めると、ゆっくりと自分の身体を見下ろす。金属鎧の一カ所が、拳の形に凹《へこ》んでいた。

突如、大剣使いが武器を手放し、多量の血を吐きながら倒れた。

床に伏せたまま、赤い染みを広げていく。

倒れたことで見えるようになった鎧の背部は、引き千切られたかのように穴が開いていた。

「そんな、ラムド様が……」

「たった一撃など、ありえない！」

「何者なのだ、あの男は⁉」

他の兵士達が唖然《あぜん》とする。

彼らは武器を落として立ち尽くしていた。戦意を喪失しているのは明らかだった。

大剣使いは、彼らの中でも強者の位置づけだったらしい。

彼が為す術もなく倒された様を見て、私には絶対に勝てないと確信したのである。

興醒《きょうざ》めだが仕方のない反応だろう。鼓舞したところで奮起は困難に違いない。

玉座を見ると、国王は歯噛みしていた。

目を血走らせて、全身から悔しさを滲ませている。

ただし、何も言ってこない。

私という暴力に関わりたくないのだ。

彼の后や息子も同様であった。怯える彼らは、化け物を見るような目を私に向けている。

それで傷付くことはない。

慣れたものだ。

怪物や化け物といった呼称は、常に私の代名詞である。今更そのように見られたところで、馴染み深さしか感じなかった。

血染めの床に立つ私は、国王に話しかける。

「此度は不幸な衝突だった。こちらにも落ち度があり、故にお前の命までは取らない」

互いの要望が噛み合わなかった結果、我々は争うことになった。

非人道的な扱いを受けそうになった私だが、実際にはなんの損害も被っていない。対して向こうは多数の死者が出ている。制裁としては十分だろう。

「私への報復を企んでいるだろうが、それは別に構わない。ただし、義に反する所業を繰り返すのならば、覚悟するといい」

そこで私は言葉を切って、拳を突き出す。

直後、国王の背後にある壁が爆散した。瓦礫《がれき》となった壁が屋外へと崩れ落ちていく。

私は青ざめる国王を見据えて告げる。

「――その命、貰い受けるぞ」

私は返答を待たずに踵を返すと、壊れた扉を跨《また》いで退室した。

近くに下り階段を見つけたのでそこを下りていく。止めに来る者は、誰一人としていなかった。

（随分と物騒な始まりとなってしまったな）

私は一連の出来事を振り返る。

もう少し上手くやれた気もするが、破壊衝動に負けてしまった。若返った肉体で戦いたいと思い、その欲求に抗《あらが》えなかったのである。

軽率だったと非難されれば、反論はできない。これについては反省すべきだろう。

私は異世界で殺人鬼になりたいわけではない。

魔王を倒すという使命を宿しているのだ。

強者との戦いも楽しみだが、託された依頼が優先であった。

これからは、己の言動に注意を払わねばならない。

第二章

城内を進む私は、兵士を返り討ちにしていく。

騒ぎを聞き付けた彼らは、私を捕縛しようとする。しかし特筆するほどの強者がいないため、難なく始末していった。

逃げる者は追わない。あくまでも立ち向かってきた者のみを攻撃した。戦闘回数は最小限に留めておく。

若い肉体に舞い上がった私は、多数の命を奪った。無用な殺生は避けるべきだろう。

私は悪鬼の類《たぐい》ではない。

長い人生で、精神面も多少は成長している。滾る闘争心を抑制し、衝動を堪えられるようにしなくては。

幸いにも立ち向かってくる兵士も減っていった。

こちらに仕掛けてくることなく、遠巻きに睨んでくる者が多い。無残に殺される同僚を見て、命が惜しくなったのだろう。

邪魔されなくなった私は、堂々と城内を闊歩《かっぽ》する。

たまに道を尋ねながら、それなりの時間をかけて城を出た。そのまま城下町へと流れていく。

一般の人々が往来する通りは、非常に活気があった。

様々な店が並んでおり、良い匂いを漂わせている。ただの観光なら、じっくりと見て回りたいくらいだった。

私は通りを進んでいく。特に引き止められることもない。

城での騒動はここまで伝わっていないらしい。だが、じきに噂になるだろう。顔が周知されないうちに移動したい。

私はこのまま城下町を抜けて、別の都市を目指そうと思っていた。

この土地に用はない。情報収集ができれば良かったが、城での一件を考えると、決して落ち着ける土地ではなかった。

とりあえず、別の街で魔王に関する情報を集めたい。そこから行き先を定めて抹殺するのだ。

魔王は各地で暗躍しているらしい。大々的に活動している個体もいると聞く。

相手は世界を滅ぼすほどの存在だ。どこにいても悪目立ちするに違いない。捜索には苦労しないはずだろう。

なんの手がかりも得られなければ、城に戻るという手もある。

またもや兵士達と衝突することになるが、きっと有用な情報が手に入る。

今後の方針について考えていると、前方に門が見えてきた。

開放されたその向こうには、草原を抜ける街道が続いている。あそこが城下町の出入り口だろう。

門に近付いていく私は、その少し手前で足を止める。

人混みの中、長身の女がこちらを見ているからだ。

明るい金髪は、後ろで括《くく》られていた。緑色の双眸《そうぼう》が私を捉えている。

人々の往来を気にせず、こちらだけを注視していた。

そして女の腰には、鞘《さや》に収められた剣がある。

(追っ手か)

私は瞬時に理解する。

ほぼ同時に、女はよく通る声で質問をしてきた。

「異界の勇者だな?」

「そうだ」

私は素直に認める。

隠し立てはできそうにない。誤魔化したところで、すぐに看破されるだろう。

女はにわかに殺気を放つ。

周囲の者達は、驚いた様子で彼女のそばを避ける。やがて往来が完全に停止した。

人々の通行を堰《せ》き止めた女は、剣の柄に触れながら宣言する。

「ここを通すわけにはいかない」

「私は国王の命令を断った。大人しく従うと思うのか」

「………………」

女は視線を鋭くした。大した殺気である。

しかし、それで怯える私ではない。言葉を荒らげず、事務的に要望を伝える。

「先を急ぐ。そこをどいてくれないか」

「どこへ行くつもりだ？」

「魔王討伐だ」

私が答えると、女は眉を寄せた。

彼女は不審げに確認をする。

「それは断ったのではなかったのか？」

「国への所属を拒んだだけだ。元より魔王は殺すつもりだった」

「……嘘は言っていないようだな。貴様の話を信じよう」

怪しんでいた女は頷く。私の説明に納得できたようだ。

しかし、警戒心は未だ解かれていない。片手はいつでも剣を抜けるように柄に添えられていた。

女は厳しい口調で私に告げる。

「魔王討伐に発《た》つ勇者を阻むわけにはいかない……が、こちらにも騎士としての矜持《きょうじ》がある。国を乱す犯罪者を見過ごすことはできない」

「そうか」

驚きは皆無だった。このような展開になると思っていた。女の戦気を感じた段階から、それを予感したのである。

言葉や理性で飾っても、本質的な部分は嘘をつけないものだ。

女は剣を抜く。

白銀の刃には、表面に複雑な彫刻が施されていた。

ただの意匠《いしょう》ではない。おそらくは、なんらかの効果があるのだろう。

剣を構えた女は、私を見据えながら述べる。

「我が名はリア・ハインベルト。王国騎士団の騎士長であり、剣神ヴィロアの系譜を継ぐ聖剣使いだ」

女騎士リアは朗々と語ると、視線を私に向けて沈黙する。

何かを待っているようだった。私は思案するも、それが分からない。

どう反応するか迷っていると、リアはため息を洩らした。

彼女は改めて私に要求する。

「貴様も名乗れ。よほどの使い手と見える。誇るべき流派があるのだろう」

「――っ」

それを聞いた私は衝撃を受ける。

驚きのあまり、思わず後ずさりそうになってしまった。私は胸中に喜びを覚える。

(こういう気分になるのか)

殺し合い前の名乗り合いなど、初めての経験だった。

前々から少なくない憧れがあったが、結局は目にすることなく元の世界を去ってしまった。

ここ数十年、私は薄汚い暗殺ばかりをこなしてきた。

名乗ることなど皆無で、そもそも標的の大半が私を知っていた。こういった状況は、なんだか新鮮な気持ちになれる。

「敵対関係とは言え、我々は互いに使命を背負ってここにいる。決闘とは違うが、最低限の礼節は損ないたくない。そう思わないか？」

リアは当たり前のように語る。彼女は、騎士の名に恥じない高潔さを有していた。

私はそれに感動し、彼女を眺める。リアは怪訝そうに視線を鋭くした。

「どうした？」

「いや……なんでもない」

私は我に返る。思わぬ出来事に意表を突かれたものの、状況を忘れてはならない。

左右の拳を固めた私は、細く長い息を吐き出す。

緩みかけた精神を引き締めると、リアに向けて返答した。

「リ・ウェイロン。名乗る流派はない。この身が振るうは、ただの殺人術だ」

かつて様々な流派を学んで習得した。

数十年の研鑽《けんさん》の末、それらは人体破壊に特化した技術へと変貌した。

特定の流派を名乗ることは、侮辱に値するだろう。故に名乗るべきことはない。

ただし、今は後ろめたさも感じない。

他ならぬ神から依頼されて、悪の権化である魔王を倒すのだ。殺人術が役に立つ瞬間である。

「リ・ウェイロン。その名、覚えたぞ」

リアは真摯《しんし》な様子で頷く。

直後、彼女の周囲に半透明の何かが出現した。

それらは彼女の全身を覆うと、鈍色《にびいろ》の鎧となる。端麗な顔も兜に隠された。

(あれも術の一種だろうか)

リアは僅かな時間で完全武装を整えた。兜から覗く片目が赤く染まっている。

よく見ると、その瞳には複雑奇異な紋様が刻み込まれているようだった。

「――行くぞ」

小さく呟いたリアが突進してくる。彼女は人間業では不可能な加速を見せた。

空気の流れから察するに、風で自らを押し出したようだ。

私は、接近するリアに腕を叩き付けようとした。

ところが彼女は、何かに勘付いた表情をする。そして間合いに入る寸前、飛び退《の》いてしまった。

私は空振りする前に腕を止める。

少し離れたリアは、剣を正眼に構えていた。彼女は私の間合いの外を回り込むように走り出す。

(ほう、これは……)

リアが横合いから斬撃を放ってきた。

上体を反らして躱しつつ、宙返りの勢いで蹴りを繰り出す。

リアは一瞬前に転がって回避していた。そこに拳を叩き込もうとするも、彼女は突風に乗ってまたもや距離を取る。さらに剣から雷撃を撃ち放ってきた。

掌打で打ち消した私は、彼女の能力に気付く。

(間違いない。先読みされている)

あまりにも勘が良すぎる。

先ほどから私の動きを知っていなければできないような回避を連発していた。こちらの間合いも完全に把握している。初対面とは思えないほどの徹底ぶりであった。

おそらくは、紋様の浮かんだ片目の力だろう。

リアの身のこなしや重心移動に関して、左右に露骨な偏《かたよ》りがあった。まるで隻眼《せきがん》のような立ち回りなのだ。

特殊な目に頼り切っている証拠である。

原因を暴けば、対処はそれほど難しくない。

先読みされるのなら、それを見越して行動するだけだ。相手の目を超える速度で仕掛ければいい。いくら視《み》えたとしても、身体は付いてこられない。

「ハァッ!」

リアが果敢に斬りかかってくる。

地面を蹴った私は最高速度で距離を食い潰すと、貫手《ぬきて》を作って構えた。

(鎧があろうと、それごと破壊すればいい)

その時、リアの剣が発光する。

刃に刻まれた彫刻が青く輝いて、次の瞬間にはリアの姿が霞む。

急加速した彼女は、目にも留まらぬ速さで私の背後に回っていた。

(これが剣の能力か……!)

剣に仕込んだ術で高速移動したのだ。

リアはきっとこの時を待っていた。今までの速度は見せかけで、こちらの虚を衝《つ》くための罠だった。

私との実力差を理解したリアは、攻撃を成功させられる瞬間を狙っていたのだろう。

(――だが、甘い)

目の端でリアの動きを観察する。彼女は刺突の構えに移ろうとしていた。

私は片足の爪先を地面に刺し、突進を強引に中断した。

そこから振り向きざまに肘撃を放つ。一撃を剣の腹に当てて、力強い刺突の軌道をずらした。

切っ先が私の耳を掠めるようにして通過する。

肘撃を受けた剣には、亀裂が走っていた。亀裂が広がって剣が砕け散る様を見ながら、私は前傾になって反撃に移行する。

軸足を中心に半回転し、摺《す》り足を踏み込みに使う。

無防備なリアを視界の中央に収めて、握り締めた拳を放つ。

唸りを上げる拳は、リアの眼前で止まっていた。

兜が真っ二つに割れて外れる。拳による風圧が、彼女の髪を大きく乱した。

驚いた表情のリアは、拳を見つめながら私に問う。

「なぜ、止めた」

「その才能を惜しく思ったからだ」

女騎士リアは優れた才覚を秘めている。

全体的に未熟な面はあるものの、彼女の剣はまだ途上にあった。これからの経験次第では、大きな成長を遂げるのが約束されていた。

完成したリアの剣技を味わいたい。私はそう思ってしまい、気付いた時には拳を止めていた。

仕事の標的なら、まず確実に抹殺していただろう。

しかし、此度の標的は魔王のみである。ここでリアを見逃しても、なんら問題なかった。

強者を求めるあまり、こういったことをするのは悪癖《あくへき》に違いない。

だが、せっかく若い肉体を手に入れて前向きになれたのだ。今までとは異なる生き方を模索してみたかった。

私は不満そうなリアを静かに諭す。

「文句は言ってくれるな。生殺の与奪は、勝者の特権だろう」

「確かにそうだが……」

リアはまだ何か言いたげだが、表立って主張はしない。敗北した身での反論は躊躇《ためら》われるらしい。

既に戦意は消え去っているようで、破壊された剣を見下ろしている。

私は呆然とするリアの横を通り過ぎた。その際、彼女に助言を与える。

「武器や能力に頼らず、己の技を磨け。さすれば、武の高みへと近付けるはずだ」

私が心に据えた考えであった。

自ら洗練した武を信じ、そして発揮する。その繰り返しが、不動とも言える強さを築き上げるのだ。

リアが理解できていることを切に願う。

私は怯える門番の前を素通りして、ついに街を出た。

街道に沿って草原の中を進む。吹き抜ける風が涼やかだった。移動する分には最適な気候だろう。

歩く私は、門前での出来事を振り返る。

さっそく才ある若者と出会えた。夢にまで見た名乗り合いと、一対一での戦いもできた。

異世界に来てから、素晴らしいことばかりが起きている。幸先《さいさき》は上々と言えよう。

◆

私は街道を辿るように移動する。

行き先は分からないが、いずれどこかに着くだろう。そこで明確な目的地を定めればいい。

食事はしばらく必要がない。不眠不休で行動できるだけの体力も残っている。

老いた肉体では、もっと難儀していただろう。若さとは、どこまでも便利である。

無心で移動するうちに、夜が訪れた。頭上には青白い月が昇っている。

それは元の世界と変わらないように見えた。己が死を迎えて、異世界に来たことを忘れてしまいそうだった。

しかし、現実として私は若返った。今は見慣れぬ土地を放浪している。ここは、間違いなく異世界なのだった。

夜の草原を進んでいると、遠くに殺気を感じた。

街道から逸《そ》れた位置に、無数の影を認める。草を揺らして疾走するそれらは、獣の群れであった。

「ふむ」

私はじっと目を凝らす。

月光に照らされるのは、額から角の生えた狼だった。牙を剥《む》き出しにして唸りを上げている。

(この世界特有の生物か)

奇妙な術だけでなく、元の世界とは生態系にも差異があるようだ。

変則的な行動を取るかもしれないので、注意が必要だろう。

狼の群れは一直線に私へと接近してくる。

獰猛《どうもう》な息遣いから察するに、私を獲物と認識しているようだ。友好的とは思えない態度である。

「ちょうどいい……」

私は移動を中断し、その場で軽く拳を握る。何もない移動に飽きてきた頃だった。退屈を紛らわせる相手が欲しいと思っていたのだ。

殺気を放射すれば、群れを追い払うことくらいは簡単だった。

しかし、あえてそれはしない。ここで相手をさせてもらう。

私は向こうの出方を観察する。

狼達は私を包囲し、四方八方から一斉に跳びかかってきた。

その連携は非常に正確で、常人が捌《さば》くのは困難に思える。

(だが、関係ない)

私は地面に正拳突きを打つ。

刹那、叩き込まれた衝撃が、大地を勢いよくめくり上げた。

土や小石が、弾丸のように飛び散って狼達を怯ませる。不運な個体は、胴体や頭部を撃ち抜かれて即死していた。先制攻撃を妨害した私は、すぐさま追撃を開始する。


その後、特に問題なく狼達を殲滅《せんめつ》した。

噛み付きや角による刺突を主とした連携は、なかなか悪くなかった。戦いに不慣れな者ならば、為す術もなく餌になっていただろう。手練《てだ》れでも多少の傷は負っていたに違いない。

無論、私には通用しなかった。向こうが連携による同時攻撃を得意とするなら、それを上回る速度で攻撃すればいい。迫る狼達の鼻面に拳と蹴りを浴びせて、ひたすらに屠っていった。

多方向から同時に攻撃されようと関係ない。殺気から位置を把握し、相手の牙や角を躱して反撃を叩き込むだけだ。

ものの数分で狼達を始末した私は、そこで野営を行うことにした。

このまま移動を続けてもいいが、せっかく新鮮な肉が手に入ったのだ。腐る前に食った方がいいだろう。

今の私は無一文である。狼の死骸を解体し、皮や牙や爪を資金源にしたかった。どれほどの価値があるか分からないが、どこかの街へ持ち込めば小銭にはなるはずだ。

私は街道のそばに死骸をまとめて運ぶと、簡単に血抜きを行った。枯れ木を拾って焚火《たきび》を作り、枝に刺した狼肉を焼いて食らう。

「………」

私は眉を寄せながら肉を噛み千切る。臭みに加えて、肉汁が独特の渋みを出していた。肉自体も硬くて繊維ばかりだ。歯触りはこの上なく悪い。

お世辞にも美味《うま》いとは言えない味である。ここ数年は味覚が鈍っていたこともあり、より強烈に感じてしまう。

思わず顔を顰《しか》めるも、食事の手は休めない。

この肉は貴重な栄養源だ。

飲まず食わずでもある程度は行動できるが、やはり食事は大切だろう。飢えないに越したことはない。

過去にはこれよりも酷い食事で生き延びた経験もあった。文句を言うほどではない、と思う。

大量の肉を摂取した私は、食後に死骸を解体する。

あまり多すぎると荷物になる。それなりに厳選してまとめようと思う。

売却用に整えていると、私は一つの気配を察知した。

それは知っている気配だった。私は作業の手を止めて立ち上がり、近付いてくる気配の方向を注視する。

夜空の下、街道を進んでくるのは一人の女だった。

意気揚々《ようよう》と歩いてくるのは、女騎士リアである。

軽装の彼女は、背嚢《はいのう》と剣だけを所持していた。剣は昼間に私が壊したものとは別だ。どこかで新たに調達したのだろう。

（追っ手だろうか）

私は近付いてくるリアを訝《いぶか》しむ。

追っ手にしては殺気がまるで感じられなかった。

彼女は私を目にして喜色を浮かべている。間もなく、剣も抜かずに駆けてきた。

「…………」

私は拳を握って警戒する。友好的に見えるが、罠かもしれない。

彼女の実力は既に把握している。こちらから先手を打つほどではないが、気は引き締めるべきだろう。

私が様々な思考を巡らせる中、リアは私の前で停止した。

彼女は見慣れぬ様式の敬礼をすると、親しげに話しかけてくる。

「ウェイロン殿！　このような所まで来られていたか」

「……何用だ」

私は少なからず困惑する。リアの態度からはこちらに対する憧れや敬意が感じられ、やはり演技には見えなかった。

慣れない感情を向けられて、私は思わず目を逸らした。

一方、背筋を伸ばしたリアは問いに答える。

「端的に言うと、貴殿に弟子入りしたいと考えている」

彼女の発言を聞いて、私はさらに混乱する羽目になった。

あるとすれば、再戦の要求くらいかと思っていたからだ。

これだけ動じるのは久々のことである。

神に出会った時でさえ、私は冷静だった。

私は微かな頭痛を感じながらも、なんとかリアに問いかける。

「そう思うに至った経緯を教えてくれ」

「貴殿の類稀《まれ》なる武術に感銘を受けたのだ！　是非とも師事して、自らの剣技を高めたいと考えた。どうか旅に同行させてもらえないだろうか」

◆

私はリアの姿を眩しく感じた。強さに対する憧れと向上心に好感が持てた。

私の若さは仮初《かりそめ》だが、彼女のそれは本物だろう。

懇願するリアの決意は、決して偽りではなかった。

私との戦いで何かを掴み、心底から感動しているようだった。

私は少なからず喜びを覚えるも、それを隠して尋ねる。

「国に忠誠を誓う騎士なのだろう？　そちらの仕事はどうするのだ？」

「家柄と騎士の身分は捨てた。小官《しょうかん》には優れた兄達がいるから、特に問題ないだろう」

何事もないかのようにリアは答える。随分と簡単に言ってのけたが、明らかに問題がある。

聡明そうに見えて、実はかなり大雑把《おおざっぱ》な性格なのかもしれない。

私はリアから詳しい事情を聞く。

対決の後、彼女は国王に報告へ行ったらしい。そこで激しい叱責《しっせき》を受けた挙句、重い処分を受けることになったのだという。

リアはこれを拒んで逃走し、全速力で私を追いかけてきたそうだ。

聞けば聞くほど大丈夫なのかと心配になる。

口上で聞いた素性から察するに、リアは名家の出身だ。国から科された処分を無視して逃走すれば、重罪になるのではないだろうか。

色々と問い詰めたいものの、本人はあまり深く考えていない様子だった。

質問したところで、求める答えは返ってこない気がした。

「別に私利私欲だけで同行するわけではない。小官は、貴殿の実力に希望を見出した。貴殿ならば、本当に魔王を打ち倒せると確信したのだ！　その助力ができるのなら、これほどの正義はないだろう。すべてをなげうつだけの価値はある」

リアは力強く語る。

彼女は大真面目だった。

政治的な理由を抜きに、魔王の打倒を望んでいる。その上で私の力が重要だと判断したのだ。

彼女は人並外れた才覚を有していた。私の実力を朧《おぼろ》げながらも感じ取ったのだろう。

そしてリアの目を見て理解する。彼女は正義を志していた。正しいことをしたいという想いに溢れている。

リアは国の方針に疑念を覚えて、大人しくは捕まらないという選択を取ったのだ。

「自分で言うのもなんだが、小官は役に立つはずだ。異界から来た貴殿と比べれば、この世界に詳しく道案内もできる。騎士長として得ていた極秘情報も持っている」

リアの主張は至極真っ当である。この世界の協力者がいると心強いのは確かだった。諸々の手間が省ける上、リアの場合は戦力的な面でも期待ができる。

私一人で解決できない状況はあまりないが、二人なら行動の幅も広がるだろう。

おそらく国に追われているであろうリアを弟子にするのは危険であるものの、そもそも私自身が指名手配されているはずだ。

互いに追われる身であるのだから、もはや関係ない。彼女の協力は、こちらに十分すぎる得があった。

「無理に付いていくとは言わない。しかし、どうか一考してもらえないだろうか……」

リアは改めて私に頼む。凛々《りり》しい顔立ちを歪め、不安そうにしていた。まるで親とはぐれた子犬である。

私は思案するも、すぐに頷いた。

「いいだろう。弟子入りを許可する」

「おお……！」

リアは目を輝かせながら打ち震える。少し大げさに見えるが、素の反応なのだろう。

彼女は嬉々《きき》として腰の剣を外すと、鞘から抜いて私に見せてきた。

「今まで良質な剣ばかりを与えられてきたが、貴殿の助言を参考に粗末なものを用意した。これも修行の一環になるだろうか？」

「悪くないな」

「そうか……っ！　では尚更に精進せねばならないな！」

リアは張り切りながら言う。今にも素振りを始めそうな彼女を宥《なだ》めつつ、私はふと考える。

(まさか、私が誰かの師になる日が訪れるとはな)

実を言うと初めての経験だった。

昔、弟子を志願する者はいた。武術や暗殺の指南を依頼されることもあったが、いずれも私は避けてきた。

今になって振り返ると、精神的な余裕がなかったのだ。

現在、私は新たな世界で人生をやり直している。使命は背負っているが、そればかりに気を取られるのではなく、別のことにも挑戦すべきではないか。誰かの師匠になるのも一興だ。

これも何かの縁である。

私の武術を継承するのも、また一つの道だろう。

◆

仮眠を済ませた私達は早朝に出発する。

街道に沿って草原を進み、昼頃から街道を逸れて移動を始めた。

当初は街に寄るつもりだったが、急遽《きゅうきょ》予定を変更したのである。私達は、このまま魔王の住処《すみか》へ行くことになった。

リアからの情報提供があり、居場所を知ることができたのだ。

その魔王は、腐毒《ふどく》の渓谷《けいこく》という地域に生息しているらしい。

十数年前、王国が力を尽くして封印し、それ以来結界に閉じ込めているそうだ。しかし近年、その封印も弱りかけており、王国上層部を悩ませているという。

そのような存在がいるとは思わなかった。

世界を滅ぼす魔王だが、個体によって様々な事情があるようだ。なんにしろ、余計な手間が省けたのは嬉しい。

私とリアは共に追われる身である。情報収集のために街に入ると、余計な問題が発生する恐れがあった。このまま魔王のもとへ向かえるのなら、それが一番なのだ。

異世界に来てまだ一日程度しか経っていない。そう考えると幸先は良いと思われた。

「しかし、貴殿の拳は本当に素晴らしい！　元の世界では、どれほどの鍛練をしていたのだろうか？」

移動中にリアは私を称賛する。最初の対決を振り返っているようだ。

私は彼女の疑問に回答する。

「鍛練というより、実戦経験の量だ。ひたすら戦い、殺し続けてきた」

かつて強者を求めて各地を旅したことがある。

達人の噂を聞けば、すぐさま駆け付けて戦いを挑み、そこで勝利してまた別の達人を探す。一時期はその繰り返しであった。

当時の私は、特に強者を渇望《かつぼう》していた。

結局、満足できるような相手は見つからなかったが、幾多の殺し合いは修行にはなった。

話を聞いたリアは、暗い面持ちで呟く。

「貴殿はその年齢で修羅の道を歩んでいるのだな……」

「実年齢は九十の老人だ。神の祝福で若返っているだけだ」

勘違いされていることに気付いた私は、あっさりと打ち明ける。

するとリアは驚嘆して急に足を止めた。彼女は遠慮がちに確認をしてくる。

「なんと……！　では、老師と呼んだ方がいいのだろうか」

「好きに呼ぶといい」

私達は、そのように他愛もない会話をしながら移動を続ける。

リアは親しみやすい性格だった。私が口下手《べた》なので頻繁《ひんぱん》には話さないが、特に気まずい空気になることもなかった。

会話は退屈凌《しの》ぎになる上、この世界について知る機会にもなる。ついでに魔術についても色々と教わった。

その日の夜、前方に森が見えてきた。リアは森を指し示しながら説明をする。

「ここを越えた先に、件《くだん》の渓谷がある。結界のせいで出入りできないが、私には魔術の心得がある。到着したら二日間だけ待ってほしい。ほんの一瞬ならば、我々が通るだけの隙間を作れるはずだ」

「必要ない。私が破壊する」

リアの提案を聞いた私は即答した。

魔王を殺せば、きっと結界も不要になる。壊したところで迷惑はかからないだろう。

リアの策も悪くはないが、時間がかかる。結界に隙間を作るには、それだけの準備期間がいるのだろう。

それならば、拳で穴を開ける方が遥かに早い。

私の反論を聞いたリアは、申し訳なさそうに首を振った。

「気を悪くしないでほしいのだが、貴殿の力でもさすがに難しいと思う。魔王を封じるだけの強度を誇る結界だ。物理的に壊せるものではない」

「試してみなければ分からない」

「そこまで言うのなら止めはしないが……」

リアはまだ納得ができていない様子だった。彼女の心情も理解できる。

しかし、私がこの拳で壊せなかったものなど過去にない。

たとえ世界が変わろうと同じである。

加えて私がこれから戦うのは、他ならぬ魔王だ。

結界の一つや二つ、破壊できなくては対抗できないだろう。

◆

土色の小鬼が、奇声を上げて跳びかかってきた。

手には棍棒《こんぼう》を握り、力任せに振り下ろしてくる。

「隙だらけだ」

棍棒に片手を添えて殴打を受け流す。

私はもう一方の手で小鬼の顔面を掴むと、軽く力を込めた。その瞬間、小鬼の後頭部が破裂する。

痙攣する死体を捨てた私は、辺りを見回す。

周囲には、無数の小鬼の死体が散乱していた。

いずれも私達が屠ったものである。近くに立つリアは、剣に付いた血を振り払った。

「思ったより数が多かったが、貴殿がいれば一瞬だったな」

彼女は満足そうに剣を鞘に収める。少しも息が切れていない。やはり騎士長となるだけあって、日々の鍛錬は怠っていないようだ。


現在、私達は結界を目指して森の中を移動していた。

一見するとなんの変哲もない場所を、リアの案内で進んでいく。私にはよく分からないが、各所に魔術による印があるそうで、知らない者は迷うように仕組まれているそうだ。

騎士長のリアは正しい道を知らされていたため、おかげで滞りなく進むことができていた。

森の中には様々な脅威がある。

具体的には、魔物と呼ばれる生物との遭遇だ。

周囲に散乱する小鬼達もその一種だった。

ゴブリンと呼ばれる種族で、彼らは草むらや樹木の上から奇襲してくる。

気配が掴めていたので、特に問題はなかったが、心得のない素人なら為す術もなく殺されていただろう。力が弱いものの、意外と知恵を駆使してくる。侮れない魔物だとリアも評していた。

その後も私達は、不定期に魔物と戦いながら進んでいく。

森に入ってから丸四日が経とうとしていた頃、ついに森の果てに到着する。

そこは樹木が枯れており、微かな異臭が漂っていた。

空気が淀んでいる。生物も不自然なほどにいなかった。

前方には同じく枯れた山々が並んでいた。そこに挟まれるようにして渓谷が形成されている。

渓谷へ向かう道は、薄い半透明の壁で阻まれていた。

見上げるとずっと壁が続いている。おそらくは天井まで覆っているのだろう。

どうやらこの一帯が腐毒の渓谷のようだった。

道中、リアから話を聞いていたが、元々は自然豊かな場所だったらしい。

それが魔王がいるせいで、このような不毛の土地になったそうだ。

周囲の草木が枯れているのも、魔王の影響だという。結界で閉じ込めた状態でも害があるのだから、相当な力だろう。

魔王に近付くほどに毒素が強力になるそうだ。

しかし拳法使いである私は、間合いを詰めねば倒せない。

短期決戦が至上だった。毒が回り切る前に、一気に打ち倒そうと思う。

「さて……」

私は結界に手を伸ばす。

指先が触れたその瞬間、電流のようなものが走った。僅かな痛みだ。指先が少し焦げ付いている。

これが結界で間違いないようだ。

内部に魔王を閉じ込めているそうだが、肝心の魔王はここからでは窺えない。

結界はかなり広域までを囲っている。目視できる範囲にはいないのだろう。

漠然とそれらしき気配が蠢《うごめ》いているものの、正確な場所は分からない。結界を壊せば、判明するものと思われた。

私は軽く拳を握ると、さっそくリアに指示をする。

「少し離れていろ」

「ウェイロン殿？　まさかいきなり壊すつもりなのか？」

「そうだ」

何も待つことはない。魔王の存在が、近隣の環境破壊に直結しているのであれば、今すぐにでも討滅《とうめつ》すべきだろう。

私は結界の前で身構えると、腰を落として拳を引いた。

精神を集中させて、ゆっくりと呼吸を整えていく。

絶好の瞬間、殺気を全開にした。

地面を粉砕しながら、全身の力を伝導し、拳の一点に集中させる。

そして、突きという形で打ち放つ。

拳が結界に衝突し、電流が迸った。

構わず押し込んでいくと、間もなく結界は砕け散った。突きの破壊力に耐え切れなかったのだ。

破損した結界には、ちょうど人間一人が通り抜けられるほどの大きさの穴ができていた。

後ろにいたリアが唖然としている。

「そんな馬鹿な……」

私は彼女の反応を気にせず、結界の穴からその先へ行った。

途中、振り向いてリアに忠告する。

「行くぞ。魔王からの奇襲に気を付けろ」

「りょ、了解したっ」

慌てたように敬礼をしたリアが付いてくる。

こうして私達は、魔王の棲《す》む領域に突入したのであった。

◆

渓谷を落下する私は、地面に衝撃を逃がしながら着地した。

轟音が鳴り響くも、足腰に負担はかかっていない。仕事柄、高所からの無傷での飛び降りは必須技能であった。

「ほっ、ほっ、ほっと」

リアは僅かな凹凸《おうとつ》を足場に降りてきた。それなりの身のこなしだ。やはり騎士としての鍛練が活きているようであった。

着地した彼女は、眼前の光景に呆然とする。

「こ、これは……」

リアが驚くのも無理はない。

渓谷は腐毒に塗《まみ》れていた。

あちこちが変色し、異臭を放っている。草木は枯れ果てており、地面はぬかるみが多い。

油断すると、滑って転ぶことになりそうだった。

（酷い有様だな）

これが魔王の及ぼす影響らしい。馬鹿にならない脅威である。王国が封印に踏み切るのも納得だった。このような力を持つ生物を放置しておけないだろう。

おまけに呼吸が少し苦しい。手足に悪寒《おかん》と痺《しび》れを感じる。おそらくは毒の影響だろう。

やはり結界内は、外よりも毒素が強烈だった。この場にいるだけで肉体を害される。数日暮らすだけで深刻な健康被害を受けそうだ。

私は呼吸法を切り替えて、即座に症状を軽減させた。

昔、どこかで学んだ気功《きこう》術の応用である。これだけで、数十種の劇毒にも耐えられた実績があった。今回も役に立ちそうだ。

隣に立つリアは何かを呟いていた。それが終わると、彼女の手の中に光が生まれる。

浮遊した光は二つに分裂し、私達それぞれに接触して浸透していった。その途端、毒の症状がさらに改善される。

不思議に思っていると、すかさずリアが説明する。

「対毒の魔術を施した。気休めだが楽になるはずだ」

「助かる」

リア自身の才覚も要因だろうが、魔術の汎用性は非常に高い。使いこなせれば、かなり便利そうだった。ただし、魔術の使用には多少なりとも消耗があるとリアからは聞いている。連発すれば行動に支障が出るらしい。

リアの体力が持つうちに、魔王を倒してしまいたい。

私達は渓谷内を迷いなく進んでいく。

結界内に踏み込んだ時点で、魔王らしき気配を感知できていた。そこまで遠くないため、このまま直行することにしたのだ。

(それにしても、これが魔力か)

自分の両手を確認するも、何も見えない。

しかし、仄《ほの》かな力に覆われているのが知覚できた。リアの施した対毒の魔術である。その燃料となっている魔力を感じ取っているのだ。

こうして身に受けると、魔力をはっきりと感じられるようになった。

「……ふむ」

私はふと面白い試みを閃《ひらめ》く。

おそらく成功するだろうが、ここで使うべきではない。いざという場面で発揮するつもりだ。

その時、強い殺気が高速接近してくることに気付いた。私は足を止めて進路を見やる。渓谷の壁を擦りながら接近してくるのは、羽の生えた巨大な豚だった。

◆

飛行する豚が咆哮《ほうこう》を轟《とどろ》かせる。鼓膜が破れそうな声量だ。

さらに開かれた豚の口から、紫色の粘液が飛散する。

それを見た私とリアはすぐさま後退した。

遅れて粘液が地面に付着し、地面を溶かしながら異臭を放つ。豚が体内で分泌した毒だろう。

それを見たリアは、険しい顔で説明する。

「あれが魔王だ。自らの毒に侵されて理性を失っている……無差別に毒を振り撒く災厄だ」

「なるほどな」

やはり標的の魔王だったらしい。結界内の生物は眼前の豚しかいないため、この領域に踏み込んだ段階で確信していた。

向こうから来てくれるとは好都合である。

魔王はこちらを獲物と認識したのか、自由落下に近い速度で突進してきた。勢いと体重から察するに、相当な破壊力だろう。私ならば受け流せるが、至近距離で毒を受ける恐れがある。

何よりリアに被害が出てしまう可能性があった。

私達は飛び退いて、落下地点から離れる。

間もなく魔王が地面に衝突した。

地鳴りを起こした魔王は、毒を撒き散らしながら顔を上げる。そして再び咆哮を響かせた。

(猛獣そのものだな)

理性を失っているという情報は間違っていないらしい。破壊力は申し分ないが、動きは単調だった。

隣では、リアが全身に魔術の鎧を装着していた。魔王に対する防御策だろう。

さらに彼女は、構えた剣から雷撃を射出する。

雷撃は魔王に命中した。

弾けるような音が鳴るも、体表を少し焦がしただけだった。大した損傷ではないのは明らかである。

リアは舌打ちしながら剣を下ろす。

「魔術が体表で分解された……！　このままでは効かないようだ」

「ふむ、そうか」

魔王の能力を聞いて、私は方針を固める。

遠距離からの魔術が効かないのなら、他に手段は一つしかない。すなわち武術による近距離攻撃だ。

どれだけ魔術を無効化されようと、私にとっては関係なかった。

私は地面を蹴り、起き上がろうとする魔王に接近する。

素早く反応した魔王は、毒を飛ばしてきた。触れれば肉と骨を溶かされるだろう。

毒の軌道を見切った私は、加速しながら回避する。そのまま魔王を拳の間合いに収めると、踏み込みを経て突きを放った。

力を集束させた拳が魔王の顔面に命中する。

ゴム質の体表は陥没し、次の瞬間にはその巨躯を爆散させた。

飛び散る毒液を躱しながら、私は後退する。そうして魔王の状態を確かめた。

魔王の残骸は遥か後方へと吹き飛び、地面を転がった末に停止した。

腐った臓腑が散らばっている。もはや原形を失っており、死んでいるのは明らかだった。

(魔王もこの程度か……)

拍子抜けした私だったが、ふと魔王の死骸を注視する。

肉片が蠢き、徐々に結合し始めていた。互いに癒着《ゆちゃく》して、元の形に戻ろうとしている。

「魔王は再生能力を有している。あのように致命傷だろうと回復できるのだ……」

「なるほど。これは少し骨が折れそうだ」

リアの解説に応じながらも、私は喜びを覚えていた。

一撃で死なない怪物とは、倒し甲斐がある。このような経験は、本当に久々のことだった。

失望から一転して期待が湧き上がってくる。

魔王が相手ならば、私の力も存分に発揮できそうだ。

◆

魔王が頭上から突進を仕掛けてくる。

凄《すさ》まじい速度による接近に対し、私は全力の掌底で迎えた。片手が肉にめり込み、魔王の体内を掻き混ぜる。体表を破って幾本もの骨が飛び出して、鮮血を迸らせた。一瞬にして魔王は形を失って肉塊と化する。

落下の勢いを相殺したところで、私は腕を引き抜きながら回し蹴りを放った。

衝撃で破裂した魔王は、しかし壁を反射して再度突進してくる。僅かに残る体表の弾性を利用したのだろう。

(獣でも知恵が回るものか)

無防備にぶつかれば、今度はこちらが肉塊となる。

もちろんそのような間抜けな様を見せるつもりはない。

迫る魔王を前に、私は震脚から正拳突きを繰り出した。半壊していた魔王が、ついに爆発四散する。衝突の力を倍増させてはね返したのだ。いくら強靭《きょうじん》な魔王とは言え、耐え切れなかったらしい。

周囲に毒液が散ったので、私は呼吸を止めて退避する。

その間に肉片が徐々に集まり、割れた骨が繋がって形を作っていた。出来上がった骨格に血肉が縋り付き、元の姿へと戻り始める。

半ば腐敗した眼球は、じっと私を見つめていた。

理性を失った状態でも、最たる敵を認識しているようだ。

「ウェイロン殿！　受け取ってくれ！」

後方からリアの声がした。すぐに魔術が飛来して私の身体を包み込む。その途端、空気に含まれる毒素の影響が軽減した。時間経過で効果は薄れるが、それでもありがたい補助だった。

(まったく、これだけ面倒な標的は初めてだ)

魔王との戦いが始まってから、およそ二日が経過していた。

正確に時間を計っていたわけではない。太陽と月の動きから把握したのである。

短期決戦に持ち込むつもりが、かなりの長期戦になってしまった。

最大の原因は、魔王の再生力だろう。致命傷さえも瞬く間に回復し、怒り狂いながら攻撃を繰り返してくるのだ。

加えて垂れ流される毒も厄介だった。おかげで攻撃手段もいくらか封じられている。

リアには後衛を頼んで、魔術による補助を徹底させていた。魔王の攻撃は、彼女の鎧を粉砕すると判明したからだ。

接近戦は危険だと判断して、そのような役割分担をすることになった。

ただし、この場は毒素に満たされている。リアには自分の命を第一に行動するように伝えていた。いざという時は結界の外へ逃げるように指示している。

彼女の援護は助かるが、命を捨ててまでの助力は望んでいない。

二日間にも及ぶ戦いで、リアもさすがに疲労していた。

休息を取ろうにも、周囲は毒気に汚染されている。

ここまで耐えられているのは、ひとえに彼女の胆力《たんりょく》の強さ故だろう。まだ継続的に魔術を使うだけの余力はあるものの、あまり無理はさせられない。

リアの様子を観察していると、激昂する魔王が叫んだ。肉体の再生が完了したようである。

魔王は羽を上下させて浮遊すると、加速しながら突進してくる。

どれだけ攻撃を受けても、魔王の動きは単調だった。

学習するだけの知性が残っていないのだろう。私にとっては好都合であった。

毒の飛沫《ひまつ》を手刀で弾く。皮膚の焼ける痛みが走るも、魔術による保護で軽傷に留められている。すぐに自然回復する程度だろう。

距離を詰めた魔王が噛み付いてきた。それを躱した私は膝蹴りを叩き込み、間髪容《い》れずに拳を打つ。

魔王を地面に叩き付けて、十分な隙を作った。そこに拳の連打を見舞って魔王を吹き飛ばす。

またもや肉塊となった魔王は、岩壁にへばり付いた。滴る鮮血から徐々に形を取り戻そうとしている。落下する部位が繋がり、異音を立てて豚の形状へと変貌していく。

私はその過程を冷静に観察する。

(そろそろ頃合いか)

魔王の再生速度は、だんだんと停滞し始めていた。

神が手を焼くほどの怪物にも限界があるのだ。

私の打撃は、すべてが致命傷に至るだけの威力を秘めている。

それを二日間も受け続けてきたのだから、なんらかの不具合が生じてもおかしくない。度重なる損傷は蓄積し、魔王の首を絞めつつあるようだった。

随分と時間はかかってしまったが、これで活路は開けた。

あとは然《しか》るべき瞬間を生み出すだけだ。
私の武が災厄を殺す――その瞬間を謳歌《おうか》しよう。

◆

決心した私は、再生を終える寸前の魔王に突貫する。

地面に散乱する毒液を避けながら跳び、相手の一挙一動に注目した。

どのような動きだろうと見切らねばならない。ほんの少しの油断で殺されかねないからだ。

魔王は咆哮に乗せて毒の弾丸を飛ばしてくる。

軌道を把握した私は、両手で受け流す。僅かな痛みは許容範囲だった。速度を落とさずに接近していく。

立ち上がった魔王が、体当たりを行おうとする。それを前足を踏み付けることで阻止した。

体勢を崩したところに張り手をぶつけて、魔王を岩壁に叩き付ける。

痙攣する魔王だが、身を起こそうとしていた。そこに私は、絶え間なく拳を浴びせる。

途中、羽を掴んで毟《むし》り取り、唯一の機動力をも奪った。

再生の隙を与えないよう、徹底的に破壊の限りを尽くす。

当然、損傷に際して毒液が飛散した。

皮膚を溶かされながらも、私は気にせず攻撃を続ける。少々の痛みなら動きに支障はない。

今こそが好機なのだ。

これ以上長引くと、私達が不利になるだけである。

弱った魔王をこのまま屠らねばならなかった。

やがて岩壁の一部が崩落する。

私の連撃の余波で限界が訪れたようだった。

それでも私は攻撃の手を緩めず、ひたすら魔王を破壊していく。

もはやただの肉塊に変貌した魔王は、未だに蠢いていた。必死に生きようとしているのだ。本能的に生に縋り付いている。

私の致命的な攻撃の嵐に晒されながらも、打開策を求めているようだった。

そのような折、突如として肉塊の一部が弾けた。

血に塗れながらも飛び出してきたのは、一本の骨だ。

先端が槍のように尖っており、真っ直ぐに私の首元を狙ってくる。

私は、肉塊の中に眼球を幻視した。

(なるほどな)

骨の槍を掴んで止める。あと一瞬でも遅ければ、首に刺さっていただろう。

そこから毒を流し込まれれば死んでいた。

これは魔王による決死の反撃だった。しかし、それは失敗した。

骨を掴んだまま、私はもう一方の拳を握り締める。そこにリアから施されていた魔術を集中させていく。

次第に拳が光を帯びてきた。

対毒の効果は失われているが、魔力の残滓《ざんし》は破壊力に変換されている。

自らに施された魔術ならば、ある程度の操作ができる。

リアの対毒によって気付けた発見であった。長年の鍛練は、異世界の術にも有効だったのだ。

魔王は体表で魔術を弾いて防ぐ。

だがしかし、肉塊同然の今の姿ならば、そのような特性も意味がない。圧縮した魔力はそのまま通じるはずだ。

「これで終《しま》いだ」

私は腰を落として身構える。

拳を起点に膨《ふく》れ上がる力を抑えながら、それを魔王の肉塊へと叩き込んだ。

命を抉るような感覚。先ほどまではなかったものだ。

刹那、青白い光が放出されて大爆発が起きる。

「――ッ」

突き飛ばされるような衝撃と共に、私は宙を舞った。

空中で姿勢を修正し、一回転を経て着地する。身体を見下ろすも、目立った外傷はない。衣服が少し焦げ付いているくらいだ。

唯一、突きを放った拳が青白い光を帯びていた。しかしそれも白煙を上らせながら薄れる。リアから貫い受けた魔力を使い切ったようだ。

私は爆発地点を見やる。半壊した岩壁には、魔王らしき残骸がへばり付いていた。

白煙を噴き上げながら蒸発している。肉片が音を立てて跳ねていたが、上手く癒着できずに朽ちていく。

ついに再生能力が底を尽きたのだ。

魔力を込めた一撃が止《とど》めになったのだろう。さすがに復活する気配は見られない。

ほどなくして、渓谷に撒き散らされた毒が消失し始めた。私に付着していた分も消えて、淀み切った空気も浄化される。どうやら魔王の命と連動していたらしい。

少し離れた場所では、リアが感涙していた。

彼女は口元に手を当てて震えている。

一連の戦いのなんらかが、心の琴線に触れたようだ。武人としての成長に携われたのなら鼻が高い。

私は息を吐くと、毒で溶けた袖を破って捨てる。

気分はそれなりに清々《すがすが》しい。適度な高揚感と達成感に満たされていた。

元の世界で暗殺業をやっていた頃では考えられない心持ちである。

――こうして私は、異世界の魔王を討伐したのであった。

◆

私はその場を立ち去ろうとして、ふと魔王の死骸を見やる。

死骸は未だ蒸発を続けていた。

放っておいても、いずれ完全に消滅するだろう。念のために見届けるべきか迷うも、それよりも気になることがあった。

私はおもむろに魔王の死骸に近付く。

白煙に紛れて、見えない力が霧散していた。これは魔力である。リアから魔術を受けたので、はっきりと感じられるようになっていた。

「…………」

少し思案したのちに、私はその場で深く呼吸をする。そうして噴き上がる魔力を体内に取り入れた。

膨れ上がる力の奔流を、精神を集中させて抑制する。取り込む量を増やしつつも、暴走しないように調整した。

するとリアが、慌てたように駆け寄ってきた。彼女は私の肩を掴み、死骸の前から引き剥《は》がそうとする。

「ウェイロン殿、何をしている⁉」

「魔王の魔力を取り込んでいるだけだ」

「なっ……⁉」

リアは驚愕し、すぐさま必死の形相で中断を訴える。

「危険だ！　すぐにやめた方がいい」

「今後、必要になるかもしれない。可能なら蓄えておくべきだろう」

彼女の意見は理解できる。これは腐毒を散らす魔王の力だ。

実際に取り込んでみると分かるが、かなり危ない代物である。制御できなくなれば、肉体を内側から溶かされそうだった。下手をすると、私自身が第二の魔王になる恐れもある。

しかし、この強大な魔力は便利だ。

世界各地に点在する他の魔王は、おそらく特殊能力を有している。殺し合うことになった際、今回のように厄介な状況に陥ることは多いだろう。

私の武術はきっと通用するだろうが、この魔力があれば選択肢も増える。戦闘を有利に運ぶことができるはずだ。もちろん魔力に依存しすぎるのは問題であるが、手段の一つとして保持するのは悪くない。

私は異世界に遊びで来たのではない。

魔王殺しは神からの依頼だ。

自らの武術を試したい気持ちもあるが、依頼の成功率を上げる方が重要であった。

腐っても私は暗殺者だった男だ。数十年の実績を築き上げたその道の頂点という自負もある。

その素質を見込まれたのだから、期待には応えねばならない。

「ウェイロン殿がそう言うのなら、小官も無理に止めはしないが……」

「すまないな」

私は引き下がってくれたリアに返答する。そして、死骸に残る魔力をすべて取り込んだ。

一瞬、爆発しそうな気配に煽《あお》られるも、気合で抑止した。これまでの鍛錬に比べれば造作もない。

動きを止めた私を見て、リアは慎重に尋ねる。

「本当に、問題はないのだな？　異常があれば、すぐに吐き出した方がいい」

「特に何もない。このまま保持できそうだ」

私は体内に意識を向ける。魔力は腹の一カ所に集まっていた。

武術の鍛錬――特に気功術の経験が役に立った。それと感覚が似ているのだ。蓄えた魔力は、好きな時に使えそうだった。

ただし、これは使い切りの力である。死骸から取り込んだだけなので、消耗していくのみだ。

体内で生み出すことはできず、基本的には温存する方向で行くしかない。それでも他の魔王と戦う際の切り札になるだろう。

頬を紅潮させるリアは、興奮した様子で私に賛辞を送る。

「さすがウェイロン殿だなっ！　他者の魔力を操作するなど、よほどの修行を積まねばできない芸当だ！」

魔力については詳しくないが、こういった工夫は難しいようだ。

一般的な感覚で考えた場合、どうやら私は魔力操作が得意らしい。この世界で戦うことを考えると、その長所を活かしてもいいかもしれない。

せっかく若返って異世界に来たのだ。独自の概念を組み込んで、さらなる強さを目指すべきだろう。

　思考をまとめた私は踵を返した。その際、リアの肩を叩く。

「行くぞ。ここにはもう用はない」

「了解した！　王国も、結界の損壊や魔王の消滅に気付いているはずだ。早く立ち去るべきだろう」

　リアの言う通りである。此度の戦いは遅かれ早かれ知れ渡る。目撃者はいないが、王国の上層部は私の仕業だと考えるに違いない。

　そこからどう動くのか不明だが、彼らが私の妨害を企まないことを祈ろうと思う。

第三章

「ハァッ！」

気合の入ったリアが、正面から剣を振り下ろしてくる。

そこに一切の躊躇いはない。こちらを本気で殺すつもりであった。

（いい心構えだ）

迫る刃に木刀を添えて、脇へと受け流す。

リアの斬撃が私に当たることはない。そこから木刀を返すと、顎を狙って振り上げる。

リアは上体を反らし、紙一重で間合いから逃れた。

そのまま飛び退くかと思いきや、彼女は踏み込んで反撃へと転じてくる。随分と強気な立ち回りであった。

繰り出される斬撃を木刀でいなしつつ、私は彼女の動きを観察する。

細かな癖や法則性を暴き、合間の隙を見出した。

刹那、リアの腹を狙って突きを放つ。

「く……ッ！」

彼女は突きを寸前で弾くも、体勢を崩した。

すぐさま修正しようとしているが、明らかに遅い。

私は木刀を短く持ち直すと、最小の動きから突きを打つ。

今度はリアの顔を狙った。痣《あざ》にはなるだろうが、死にはしないだろう。

こちらの攻撃を察知したリアは、目を見開いた。

無理な体勢から、強引に剣で防ごうとする。

大した反応速度と判断力であった。

(しかし、まだ甘い)

私は滑るように身を沈めながら、木刀でリアの足を刈る。

顔への突きを警戒していた彼女は、あっけなく引っかかった。

「うおぁっ⁉」

転倒したリアは、慌てて起き上がろうとする。そこに木刀を突き付けると、彼女は静かに剣を手放した。

「こ、降参だ……」

「うむ」

私は木刀を下ろし、リアの腕を引いて立たせる。

彼女はため息をついて唸った。

「やはりウェイロン殿には敵《かな》わないな。家族以外で剣術に負けるのは初めてだ」

「そうか」

私は拳法以外の武術も学んでいる。一通り習得した末、今の戦い方になったのだ。

拳が最も強靭で破壊力が高く、勝手が良かったのである。

武器だと私の扱いに耐えられず、頻繁に破損してしまう。いちいち武器を調達するのが面倒になったのも、大きな要因だろう。

稽古を終えた私達は、森の開けた場所で昼食の準備を始める。

今日は焼き魚だ。川で獲ったものを串焼きにして、リアの所持していた塩をかけて食べる。

「……ふむ」

やや淡白だが美味い。元の世界と味は変わらなかった。

リアも満足そうに食べ進めている。家柄の良い彼女だが、騎士の生活に慣れているためか、食事に頓着《とんちゃく》する様子はなかった。好き嫌いなく、子供のようによく食べている。

私は焼き魚を頬張りながら空を見上げる。

(平和な日々だな……)


腐毒の魔王を倒した私達は、旅を続行した。

リアに稽古を付けながら、次なる魔王を目指して移動している。

今度の目的地は、魔王の支配する荒野であった。

この国には魔王がいないため、別の国に移ることにしたのだ。

もしかすると潜伏しているかもしれないが、リアの知る範囲では存在しないらしい。騎士長だった彼女の情報力なので、ある程度は信頼できる。

潜伏している個体に関しては、今のところは見逃すしかない。

近付けば気配で察知できるだろうが、先手を打つのは困難である。後手に回っての対処になるものの、我慢するしかないだろう。ひとまずは、居場所の判明している魔王を屠るのが優先である。

◆

焼き魚を食べ終えた私達は、腹ごなしに移動を再開する。ここから魔王の支配する荒野までは、かなりの距離があるらしい。リアによると、いくつかの国を経由しなければいけないという。

これぱかりはどうしようもなかった。

元の世界に比べて、この世界の移動手段は限られている。

徒歩や馬車が主で飛行機などはもちろん存在しない。魔術による瞬間移動もあるそうだが、それは一部の術者しか使えないそうだ。適性に左右されるらしく、リアは使えないとのことであった。

「苦労をかけてすまない。小官が不出来なばかりに……」

「気にするな。元より歩くつもりだった」

目立つ移動方法を使うとなると、必然的に衆目《しゅうもく》に晒されることになる。当然、王国の追っ手も察知してくるだろう。

今のところは行方を眩ませることに成功しているが、これがいつまで続けられるかも分からない。移動速度を犠牲にしてでも、なるべく目立たない行程が望ましい。

（早く国外に出たいところだな）

茂みを掻き分けながら、私は考える。

国内ではおそらく指名手配をされている。

リアによれば、捜査網が国外にまで拡大することはないらしい。

周辺諸国の関係は微妙で、一種の冷戦状態に近いのだという。端的に言えば、互いに協力できないのだ。

魔王という脅威を前に何をしているのかと言いたいところだが、元の世界でも似たような事態は多発していた。

次元を越えても、こういったことは尽きないのだろう。できるだけ関わりたくないものである。

私達は黙々と森の中を進んでいく。

それにしても、風景の変化に見分けが付かない。

辺りは常に鬱蒼《うっそう》としており、昼間だろうと薄暗い。来た道を戻ることすら困難な有様だった。

先導するのはリアだ。この辺りは騎士の演習にも使われたそうで、土地勘があるらしい。私は彼女の案内を信じることにした。

最悪、迷ったとしても死にはしない。森を粉砕しながら突き進み、強引に出口を築けばいいのだ。

多少は目立つものの、遭難は免れる。

「ところでウェイロン殿……」

リアが少し言いにくそうに切り出した。

何事かと思っていると、彼女は声を潜めて続きを述べる。

「できれば、その、魔力を抑えてほしい。肌を刺す感覚が、少し気味悪いのだ」

「魔力……？」

思わぬ指摘に首を傾《かし》げていると、リアは詳しい説明をする。

曰《いわ》く、私の体内に収められた魔王の魔力が、彼女に悪影響を及ぼしているらしい。

完全に抑え込んだ状態でも、残り香のようなものを感じてしまうのだという。森に入ってから魔物が襲ってこないのも、彼らが魔力に怯えているからとのことであった。

(魔力の残り香、か)

立ち止まった私は精神を集中し、体内に意識を向ける。

取り込んだ魔力は、依然として固まっていた。特にこれといった異常は見られない。

しかし、神経を研ぎ澄ませると、体外に漏れ出る何かを感知する。

魔力とも言えないほどに微弱であり、確かに残り香に近い代物だった。よほど気を付けなければ分からないほどのものである。

(迷惑をかけてしまったな……)

私は己の鍛練不足を感じつつ、体外に滲み出る残り香を遮断《しゃだん》する。

感知さえできれば、あとは容易《たやす》かった。よほど無意識の状態になっても、漏出《ろうしゅつ》することはあるまい。

逆にこれを利用した威嚇《いかく》行為もできそうだった。なんにしろ、同じ過ちを犯すつもりはない。

魔王の魔力は、想像以上に扱いが厄介だ。強大なエネルギーであり、他者への影響も少なくない。

これを欲するような勢力もいるのだろう。扱いには十分に気を付けなければならない。

◆

人目につく街や村、関所を避けるようにして移動を続ける。

途中からは山間部をひたすら進むことになった。

たまに遭遇する魔物と戦いつつ、リアとの稽古も欠かさない。

弟子入りを認めた以上、師としての義務を果たさねばならない。

私の専門は拳法だが、剣術についても指南はできる。気功術の鍛練も魔力操作に向いているため、その辺りを教えるのもいいだろう。

地道な修行が効いているのか、リアは早くも成長していた。

反応速度が上がり、攻防の隙が減った。さらに連続で戦える時間も長くなって、少々のことでは体力切れを起こさなくなった。

元より優れた騎士である彼女は、その才能を存分に発揮している。

七日ほどの野宿の末、私達は山を抜けた。

遥か遠くに巨大な街が見える。外壁に囲われているので詳細は不明だが、相当な規模だろう。

リアは前方を指差しながら説明する。

「ようやく王国領土を抜けたぞ。ここから先は帝国だ」

いつの間にか国境を越えていたらしい。

こうして眺める分には変化がよく分からないが、リアが言うのだから間違っていないだろう。あの街も帝国領内の都市ということだ。

「大陸最大の強国だが、現在は内乱で秩序を失っている。我々が通過するには格好の状況だろう」

「なぜ内乱が起きているのだ」

「小官も詳しくは知らないが、圧政による搾取《さくしゅ》が原因だと聞いている。徴兵《ちょうへい》も多く、民の不満を買いすぎたのだろう」

腕組みをするリアは、険しい顔付きで述べる。

彼女は圧政を好まないのだろう。今までの言動からして、正義感が強い節がある。帝国の指針を許せないに違いない。

私との戦いを経て、早々と弟子入りしてきたことを考えると、王国にも少なからず不信感を抱いているのかもしれない。私との一件が、おそらく最後の後押しになったのだ。

「ウェイロン殿のいた世界でも、似たようなことは起きていたのか？」

「……数え切れないほどあったな。本当に、嘆かわしいが」

私は苦い表情で呟く。

仕事柄、様々な国の裏事情を耳にすることがあった。

世界中で吐き気を催すような行為が平然と横行している。圧政どころの騒ぎではない。

そういった悪を嫌いながらも、私は腐敗した社会の一部と化していた。

錆び付いた歯車となり、接した他の歯車を壊しながら回転し続けた。

そうしてついには外れて落ちて、別の基盤に組み込まれることになった。なんとも数奇な運命である。

心境は複雑だが、培《つちか》った暴力を正義に活かせるのなら、これほど望ましいことはない。

昏《くら》い思考を中断した私は、気になっていたことをリアに質問する。

「帝国領土に魔王はいないのか？」

「小官の知る範囲では、聞いたことがないな」

ならば長居する必要はない。帝国領土を通過して、このまま荒野へ向かえばいいだろう。そう考えていると、リアが得意げに言う。

「帝国ならば我々も指名手配されていない。堂々と街を出入りできるはずだ」

「それはいい。買い物をしよう」

追っ手の心配をしなくていいのなら、買い出しをしておきたい。しっかりと休息も取っておきたかった。

私が提案すると、リアは目を輝かせて歓喜する。不思議に思った私は疑問を呈した。

「やけに元気だな」

「当然だろう。ようやく文明的な料理にあり付けるのだ！　気分だって！　盛り上がるっ！」

リアは拳を突き上げて答える。

よほど嬉しいようだ。

確かに道中の食事は、あまり良いものではなかった。

私とリアは料理が上手くない。下手ではないものの、簡単な調理しかできないのだ。

味も単調で、不味《まず》くはないが飽きる。

別に私はこのまま何週間でも野宿できるが、可能ならば美味い食事を楽しみたい。

若返ったことで、食に対して貪欲になったのを自覚していた。

「ウェイロン殿！　昼食はあの街で探そう。内乱中とはいえ、美味い食事もあるはずだっ」

「そうだな。それがいい」

街へ駆けるリアを見て、私はそれを追いかける。

◆

私達は街の正門前に到着した。開かれた門から、人々が出入りしている。門前にできた行列も速《すみ》やかに解消されていく。

私達は最後尾に並んで進み、やがて門番の前を素通りする。特に検査を受けることなく街に入れた。

門番の視線からして、こちらの風貌を軽く確認した程度であった。おそらく何も分かっていないだろう。

一連の流れを受けた私は、門番を振り返りながら呟く。

「随分といい加減だな……」

「この街は帝国内でも指折りの悪所で、基本的に出入りは自由なのだ。衛兵や騎士は汚職だらけで、ならず者の傭兵が跋扈《ばっこ》している。犯罪者の巣窟《そうくつ》だが、経済の循環は抜群に良い」

リアは歩きながら解説する。

元は犯罪者の収容施設だったこの地は、無断居住と増築拡大を繰り返していった結果、このような都市に至ったらしい。

この街が半ば一つの国家として機能しており、今では帝国の管理下からも外れかけているそうだ。独自の体制が敷かれているのだという。

これだけ聞くと問題だらけの街だが、有事の際は結束力が強いらしい。リア曰く、外からの干渉を極端に嫌うそうだ。加えて荒事が多いためか、兵士や傭兵の練度が高い。

結果、どのような勢力も干渉できなくなっているとのことだった。

「国境に位置するこの街が、帝国と王国の冷戦を維持していると評しても過言ではない。もしこの街がなければ、どちらか一方が滅亡しているのではないか」

リアは平然と述べるも、色々と滅茶苦茶だ。

しかし、こうして存在しているのだから文句は言えない。様々な事情が絡み合い、危うい均衡《きんこう》の上に成立しているのだろう。

通りを歩く私は辺りを観察する。

私が召喚された王国に比べると、全体的に殺伐《さつばつ》とした空気が漂っていた。行き交う人々は、貧民か山賊紛《まが》いの者ばかりだ。

私は小声でぼやく。

「休憩に向かない場所だと思うが」

「そんなことはない！　小官とウェイロン殿ならば、快適に過ごせるだろう」

リアは力強く断言した。それを疑っていないようだった。

「根拠はなんだ」

「我々には力がある。暴力が支配する街において、この上ない根拠だ」

「……なるほどな」

私はすぐに察して納得する。

彼女の言う通りだ。こういった場所ほど、強い力が有効である。暴力の中で暮らす者は、他の暴力に敏感なのだ。故に力を持つ者は自由に行動できる。

先ほどから意識して探しているが、飛び抜けた強者は見つからない。大半はリアに遠く及ばないほどの実力であった。

練度が高いとのことだが、さすがに騎士長に匹敵するほどではないようだ。

「弱い者虐《いじ》めは趣味ではない。なるべく暴力を振るわずに過ごすぞ」

「了解した！　さすがウェイロン殿だ。そのような優しい心までお持ちだとは――」

リアが称賛の言葉を口にしようとした。その時、前方の建物から男達が飛び出した。

ガラス窓を突き破って登場した彼らは覆面を被っている。背負った大きな袋からは、大量の硬貨が覗いていた。

◆

武装した十数人の男達は、怒声を上げていた。

彼らは手に持った剣や斧を振るい、或いは杖から魔術を乱射する。そうして人々を牽制《けんせい》しながら走り出す。

（強盗か）

その光景を眺める私は嘆息する。このような場面にいきなり出くわすとは思わなかった。治安の悪さは本物らしい。

ただ、気になるのは周囲の反応だ。

人々は迷惑そうにしており、怯えているのは少数である。

誰もが無関係を決め込んでいた。逃げもしなければ、止めようともしない。

これが街の常識であった。穏便に生き抜くための秘訣であり、実際に誰もが心得ている。

今の私達は、あまり目立つべきではない。彼らに倣《なら》って、見て見ぬふりをするのが賢明だろう。

顔も知らない誰かが不利益を被り、悪徳を働いた者達が得をする。どこの世界でも通ずる鉄板の法則だ。何もおかしいことではない。

（しかし、本当に見過ごしていいのか？）

ふと抱いた疑問について、私は深く考える。

私はこうして異世界にいる。

有り体に言えば、正しいことをするためだ。元の世界では、汚れ仕事ばかりであった。

だからこそ此度は、善行を積むのも良いのではないだろうか。私ができることなど限られているが、心がけを変えるだけでも違ってくる。

鍛え上げた武術を正義のために使いたい。そう思った時、既に私はリアに指示を送っていた。

「離れてくれ」

「承知した！　貴殿の姿、しかと見させてもらうぞ」

彼女は嬉しそうに承諾すると、素早く距離を取った。

あの様子を見るに、私の活躍を見たがっている。強盗達と戦うことになると確信しているようだ。

事実、その予想は間違っていないだろう。私とて話し合いで解決するつもりはない。それは向こうも同じと思われる。

強盗達はこちらへやってくる。通りを走り抜けて、街から出るつもりなのだろう。追いかける手間が省けてちょうど良かった。

人々が道を開ける中、私は堂々と彼らの前に立ちはだかる。

そして、反応される前に、正面から殺気を放射した。

強盗達は驚きながら動きを止める。すぐに腰を抜かす者や、泡を噴いて気絶する者が続出した。

それだけで無事な人間が半分ほどになる。威嚇としては十分な成果だろう。リアは目立たない位置に待機していた。もし逃げる者がいたとしても、彼女に任せることができる。

無論、私一人で仕留める心づもりでいた。このような者達が相手なら、他者の助力も必要ない。

「おい、テメェ……なんの真似だ」

強盗の一人が凄《すご》みながら踏み出す。

かなり加減したとはいえ、彼は私の殺気にもあまり怯んでいなかった。それなりの胆力の持ち主である。

屈強な肉体で、手には金属製の斧を携えている。形状からして戦闘用だろう。刃には染み込んだ血痕が残っていた。

私は男の言葉に応じず、ただ構えを取った。

下手な発言は挑発にしかならない。どうせ戦うのなら、早く済ませるべきだろう。

「この野郎……ッ!」

激昂した男は、斧を掲げて襲いかかってくる。

大した突進力だが、故に単調な動きであった。怒りで判断力が失われているようだ。

私は後ろの脚を、滑らせるように前へ移す。そこから半身になって間合いを定めた。じっと堪えて、男が適切な距離まで踏み込んでくるのを待つ。

(――来た)

眼前で閃く斧。

叩き込まれる斬撃を、手のひらを添えて受け流した。

予想外の結果に、男は前のめりになってよろめく。男は、あまりにも隙だらけな姿を晒していた。

私は小さく息を吐く。両脚から腰、そこから上半身へと力を伝導する。

そして、男の胴体に向けて拳を打ち込んだ。

私の一撃を受けた斧使いの男は、回転しながら宙を舞う。

そこから近くの建物の二階に飛び込んだ。壁を粉砕して、脚だけが屋外に垂れ下がっている。

男は少しも動かない。死んでいるように見えるが、気を失っているだけだ。

突きを当てる際に力を調整したので、肋骨と両腕が折れただけで済んでいるはずだ。命に別状はないだろう。

それなりの場数を踏んできたことで、若い肉体の力加減にも慣れてきた。

今後はさらに精密なことも可能だろう。膂力だけで乗り切るのなら、若い頃と同じままだ。そこに技量を合わせることこそが、今の私の本領である。

(まあ、検証は後回しでいい)

私は腕を下ろす。

強盗達は驚愕して言葉を失っていた。

彼らの中でも実力者だったのであろう斧使いが、一撃で倒されたのだ。相応の衝撃があったようである。

きっと私が斬り殺される未来でも想像したに違いない。

周囲の人々も同様に驚愕していた。

様々な感情を含む視線を私に向けている。

唯一、リアだけが誇らしそうにしていた。

端に立つ彼女は、音が鳴らない程度に拍手している。この場において、彼女だけが結果を予想していた。

呆然とする強盗達だったが、自分達の状況を思い出したらしい。いち早く我に返った者が、杖を手に詠唱を始めた。魔術の予備動作である。間を置かず、杖から雷撃が迸った。

迫る雷撃に対し、私は打ち上げるように掌底を当てる。

破裂音を響かせて雷撃が霧散した。身体に僅かな痺れが走るも、これといった怪我《けが》はない。手のひらが少し赤くなった程度である。

「なっ!?」

杖持ちの強盗は、顎が外れんばかりに口を開けている。そこから歯噛みして私を睨むと、連続して雷撃を撃ってきた。

私はそれらを残らず片手で捌き切る。杖でだいたいの狙いは分かる。あとはタイミングを合わせるだけで相殺できた。

「ふむ……」

私は魔術を受けた手を開閉する。時折、音を立てながら紫電が瞬いた。

雷撃を構成する魔力を吸収しようとしてみたが、すんなりと成功してしまった。魔王の魔力に比べれば、非常に安全だ。抵抗感も皆無に等しい。

受けた魔術をすべて吸収できるわけではないものの、これは便利な技能だろう。

(試してみるか)

私はその場で軽く拳を突き出す。その際、取り込んだばかりの魔力を解き放った。

突きに合わせて、拳から紫電が噴き上がる。

空気中を弾けながら加速すると、その先にいた杖持ちの強盗に命中した。

「あぐぁっ!?」

悲鳴を上げた強盗はひっくり返って痙攣する。全身各所が焦げて白煙が上がっていた。

捌いた分の雷撃をまとめて飛ばしたのだ。威力も数倍に膨れ上がったらしい。

これで魔術師への対策も固まった。遠距離攻撃にも柔軟に対応できるだろう。色々と使い勝手が良さそうだ。

◆

残る強盗達は私から離れるように逃走し始めた。

彼らは通りを反対方向へ駆けて、人々を押し退けながら走り去っていく。

仲間を助ける気はないらしい。背負った金の方が大切なのだろう。

何より私には敵わないと判断したに違いない。逆上して一斉に襲いかかってくれるのなら、対処も楽だったが仕方ない。

（追いかけて全滅させるしかないな）

私は強盗達を逃がすつもりなどなかった。やるならば徹底する。そこを妥協する気は欠片もない。

私は地面を蹴って強盗達に接近する。彼らが気付いていない間に、一人を後ろから掴み、足を払って転ばせた。その際、首に手を添えて圧迫して意識を奪う。

「チィッ、クソが！」

私の接近に気付いた一人が、至近距離から魔術を使おうとしていた。その前に蹴りで杖を粉砕する。魔術行使を妨害しつつ、私は振りかぶった手刀で相手の脇腹を打った。

地面を転がった杖使いは露店に激突し、果実を散乱させながら気絶する。

私は顔を上げる。強盗達はまだ逃走を続けていた。

諦める気はないようだ。そこまでして金を欲する精神は見上げたものだと思う。無論、尊敬はできないが。

私は彼らを追跡し、一人ずつ着実に無力化していった。

後方では、リアが強盗達を一カ所に集めて魔術で拘束している。さらに第三者が金を盗まないように見張っていた。おかげで私は、追跡と無力化に専念できた。

そうしてついには、最後の一人を追い詰める。

路地裏の奥に到着した私は、前方の強盗を見やる。

行き止まりを前にした強盗は、片腕で居合わせた子供を捕まえていた。

その首筋に短剣を添えてこちらを睨む。どうやら人質を盾に乗り切ろうとしているようだ。往生際が悪く、感心できない態度である。

私が不快に思う一方、強盗は目を血走らせて叫ぶ。

「それ以上、近付くな！　この子供がどうなっても――」

強盗の言葉を遮《さえぎ》るように、私は行動に移る。

手に隠していた小石を握り直すと、親指で弾き飛ばした。弾丸のような速度で放たれた小石は、見事に強盗の額を捉えた。骨の陥没する音が響き渡る。

「……が、アッ！」

強盗は仰《の》け反って倒れた。その隙に子供は逃げ去る。怪我はしていないようだった。

「………………」

私は無言で強盗に歩み寄る。強盗は動かない。白目を剥いて口を開けていた。私は捕縛しようと手を伸ばす。

その時、強盗が短剣を投擲《とうてき》した。閃く刃が私の首を目指して突き進んでくる。

「ふむ」

私は指で挟むようにして刃を受け止める。

額から血を流す強盗は、悔しげに舌打ちをした。気絶したふりで私を殺すつもりだったらしい。

「今の奇襲は悪くなかった」

私はそう評すると、男の顔面を蹴り飛ばして意識を奪った。

◆

その後、私達は捕縛した強盗を街の兵士に突き出した。

彼らの盗んだ金は、兵士達が証拠品として引き取っていった。実質的な没収である。

被害に遭った店の主人は不服そうだが、文句を言うことはなかった。

詳しい事情は知らないものの、逆らえない関係にあるようだ。新参者には分からない力関係が隠されているのだろう。

兵士達の去った後、その店主に強盗達の処遇を聞いた。

彼らはおそらく奴隷となるらしい。危険な地域での労働力や、魔術の人体実験に用いられるそうだ。いずれにしても使い捨て同然の扱いであった。

この街の兵士の状態を知るため、あえて強盗を生け捕りにしたが、想像以上に汚職塗れだった。

ある意味、兵士達は犯罪者よりも悪質だろう。それを今回の一件で知ることができた。

（まさに悪党のための街だな……）

嘆息する私は、サンドイッチに似た食べ物を齧《かじ》る。現在、私とリアは街の片隅にある宿屋にいた。

ここはその一室である。

宿泊費は、強盗を捕まえた謝礼として兵士から貰った金を充《あ》てた。私は貨幣価値が分からないが、リアによればこの街で七日程度は生活できるだけの金額らしい。

受け取って良いのか複雑だったものの、金は生活する上で必要である。拒む理由はなかった。

「隙間風が気になるが、野宿よりはいい。食事もそこまで悪くないな、うん」

窓際に立つリアは、サンドイッチもどきを口に運びながら言う。

到着直後と比較すると、彼女は小奇麗になっていた。湯を借りて髪や顔を洗ったのだ。

ただし風呂はさすがにない。高級宿ならあるそうだが、そんな所に宿泊するだけの金がないので我慢している。

(だが、金がないのはどうでもいい)

本来なら、すぐにこの街を発つところだ。あまりにも無秩序な場所で、余計な問題に巻き込まれる恐れがある。決して長居すべきではない。

しかし話し合いの末、私達はこの街に滞在することにした。道端で聞いた住人の世間話に、魔族という言葉が登場したからだ。

魔族とは、魔王の配下の総称である。知性ある魔物や、亜人といった他種族を指す。

魔王に加担する人間も、場合によっては魔族と称される場合もあるらしい。とにかく魔王の味方を全般的に意味する言葉だ。

真偽は定かではないが、この街に魔族が紛れているという噂があった。

魔族は当然ながら主人たる魔王のために行動する。人間社会の陰で暗躍するのだ。

それを聞いた私は、出発を中断した。

魔族が何を企んでいるかは知らないが、おそらく碌《ろく》なことではない。人間に仇為《あだな》す行為に違いないだろう。

それを食い止めるのが私の務めである。

魔族を見つけて、魔王に関する情報を引き出したい。荒野の魔王も気になるが、知ってしまった以上、まずは目先の懸念事項を片付けるべきだろう。

(なんとも不穏な展開になってきたが、これでいい)

ここで魔族について知れたのは大きかった。

噂が嘘ならそれでも構わない。

もしどこかの魔王が何かを目論《もくろ》んでいるのなら、私は絶対にそれを阻止する。

神から下された使命は、完璧に遂行するつもりであった。

◆

翌日、私達は街中を散策した。昨日、強盗事件が起きたにも拘《かか》わらず、付近に大きな混乱はない。当たり前のように日常が始まっていた。

道すがら、私達は強盗被害に遭った店主に挨拶し、そこで話を聞く。

兵士に押収された金は、やはり戻ってこないらしい。あのような汚職は珍しくないという。

気休めに過ぎないが、謝礼として受け取った金のいくらかを渡しておいた。

店を出た私達は通りを進む。今日の目的は、魔族の手がかりを見つけることだ。些細《ささい》なことでもいい。噂が真実であるという確証が欲しかった。

隣を歩くリアは、顎を撫でつつ唸る。

「調査と言っても、どこから調べるべきか分からない。それとも貴殿は、何か見当が付いているのか？」

「手当たり次第に犯罪組織を叩く。情報の一つや二つは出てくるだろう」

この街には、いくつもの犯罪組織が乱立していた。

彼らは縄張りを持ちながら争いを繰り広げている。そこに魔族が参入しているのなら、誰かが気付いているはずだ。

その誰かを見つけ出すのが目的である。

犯罪組織ならば、良心の呵責《かしゃく》もなく攻撃できる。

なんの恨みもないが、これも目的のためだ。私は躊躇いなく遂行するつもりだった。

「そ、その発想はなかった。ウェイロン殿は大胆なのだな……」

リアは若干引いている。心優しい彼女は、そういった手段に抵抗感があるらしい。

その気持ちはよく分かるが、今は必要のない感情だ。

私はリアに尋ねる。

「騎士は犯罪者を取り締まらないのか」

「もちろん実施するが、勝手に動くことはできない。相手の身分にもよるが、迂闊《うかつ》な真似をすれば圧力をかけられるのだ」

リアは悔しげに答える。どこか含みのある言い方だった。

その意味を察した私は、答えを述べる。

「……悪徳貴族か」

「まあそんなところだ。結局、騎士や兵士は国の忠犬に過ぎない。正義のために剣を振るうには窮《きゅう》屈《くつ》なのだ」

リアは歯噛みしながら語る。やはり忠誠を誓った国に疑念と不信感が募っていたようだ。

私は彼女に質問を重ねた。

「正義の味方になりたいのか？」

「小官は、善人が報われる世にしたい。ただそれだけだ」

リアは真剣な眼差しで呟く。そこには強い意志が感じられた。是が非でも成し遂げようという心持ちが窺える。

汚れた暗闇を渡り歩いてきた身には、とても眩しい姿だった。

そのような人物の師になるとは、数奇な運命もあったものだと思う。

私達は街中を練り歩きながら聞き込みを行った。やがて一つの豪邸の前に辿り着く。雑然とした近隣の中でも、そこだけが閑静な趣を形成していた。

鉄柵で仕切られた敷地内は、警備員らしき人間が巡回している。

私達は物陰から豪邸を観察する。

「あそこか」

「情報が正しければ、付近一帯を取り仕切っているらしい。魔族に繋がる話も握っているかもしれない」

リアは聞き込みで得た内容を述べる。

緊張を滲ませた面持ちだった。さすがに平常心ではいられないようだ。

私は先に物陰から出ると、豪邸へと真っ直ぐ進んでいく。

「なるべく穏便に進めるぞ」

「貴殿の言う穏便は信じられないが……いや、うん。仕方ないな」

リアは何か言いたげだったが、それを呑《の》み込む。私は構わず歩き続けた。

◆

門の前まで赴《おもむ》くと、見張りの者達が鋭い眼差しを向けてきた。

見張りの二人は軽装で、金属の胸当てを装着している。手には槍を持ち、腰に短剣を吊るしていた。

身軽さを優先しているのか、最低限の装備に留めているようだ。

無言で観察していると、見張りの一人が話しかけてくる。

「なんの用だ」

「責任者と話がしたい」

私の要求を聞いた見張り達は、顔を見合わせる。間もなく一人が首を振った。

「駄目だ。許可なく部外者を入れるわけにはいかない」

「そうか」

私は頷くと、不意を衝いて前進した。

反応される前に間合いを詰めて、見張りの一人を蹴り飛ばす。見張りは施錠された門に衝突すると、泡を噴きながら気絶した。蹴りを受けた胸当てが、真っ二つに折れ曲がっている。

私は手放された槍を掴み、それを軽く回転させた。拳法に比べれば嗜《たしな》む程度に過ぎないものの、槍術も習得している。槍を立てて地面を突くと、触れた一点が小さく陥没した。

私はもう一人の見張りを見る。

「き、貴様……ッ！」

見張りは槍を構えて私に向ける。少し進み出れば、突き刺せるほどの距離だった。

その目は本気である。状況次第では、躊躇いなく攻撃してくるだろう。

即座に仕掛けてこないのは、警戒しているからだ。

相方の倒され方を目の当たりにして、迂闊に踏み込めないのであった。

恐れを克服するのは難しい。そういった反応も至極当然だった。

一方、私は臆せず発言する。

「悪いが議論の暇はない。ここを通らせてもらう」

言い終えた私は殺気を放出する。

肩を跳ねさせた見張りは、反射的に刺突を放ってきた。

迫る穂先の軌道を見極めると、私は持っていた槍を横にずらす。

胴体を狙う突きを脇へと流しつつ、相手の槍を掴んで手元に引く。そして、前のめりになった見張りの顔面に肘撃を浴びせた。

「んゲァ……ッ⁉」

見張りは鼻血を噴きながら昏倒した。

倒れた拍子に、その口から折れた歯がこぼれ出る。もう起き上がることはないだろう。

私は二本の槍を構えると、閉ざされた正門に向けて叩き込む。

正門は粉砕されて、木端を散らしながら大穴が開いた。

半壊した槍を捨てた私は、穴を跨ぎ越える。

後ろから付いてくるリアは、困惑気味に声をかけてくる。

「ウェイロン殿？　穏便に進めるはずだったのでは……」

「失敗した。交渉が決裂した以上、これしかない」

私は素直に認める。

生憎と話し合いで解決できる雰囲気ではなかった。何より時間の無駄だ。正面から突破するのが効率的だろう。

元の世界での暗殺は、いつもこのような調子だった。

暗殺と言えば、誰にも見つからないように実行する印象だが、私はそういった手法が苦手である。その気になれば隠密行動もできるものの、力任せに捻じ伏せて標的を抹殺する戦法を好んでいた。

依頼主達も、私が派手に殺戮《さつりく》することを承知で仕事を寄越《よこ》してきた。

おかげで一部の界隈《かいわい》からは殺人鬼と揶揄《やゆ》されていたが、あながち間違いではないだろう。

敷地内に踏み込んだところで、リアが思い出したように尋ねてくる。

「今更だが、顔は隠さなくていいのだろうか」

「必要ない。むしろ名を知らしめた方がいい」

今回の目的は情報収集だ。それに加えて、件の魔族に揺さぶりをかけたかった。

白昼堂々と暴れることで、私達の存在を周知できる。

魔族を探す二人組がいるという噂は、本人や関係者の耳に届くはずだ。

もし私達の行動を知って逃げるのなら、その程度の相手だということである。ただの小物であり、脅威としては大したことがない。私が対処するまでもないだろう。

ただ、この街に潜伏しているであろう魔族は、おそらくこちらを抹殺したいはずだ。

確たる根拠はないが、長年の暗殺で培った勘が囁《ささや》くのである。

魔族は好き勝手に暴れる者をきっと許さない。自分達の暗躍に支障を来すからだ。

慎重に動く者ほど、計画のずれや不確定要素を危惧《きぐ》する。

こうして存在を誇示すれば、向こうから接触があるに違いなかった。

私はそれを心待ちにしている。

地道な捜索は面倒だった。

相手が仕掛けてくる状況に持ち込むのが手っ取り早い。

考え事をしていると、前方が騒然としていた。

辺りを巡回していた者達が、こちらに集結し始めている。豪邸から飛び出してきた者も含めると、総勢二十人ほどだ。

「……ふむ」

私は両手の指を鳴らす。漲る衝動を抑制し、努めて理性を維持した。意識的に呼吸を遅めて精神を宥める。

隣のリアは魔術を行使し、全身鎧を纏った。手にはなんの変哲もない片手剣を握る。これも修行の一環として戦うつもりだろう。

私はリアに指示をする。

「右側を頼む。私は左側を処理しよう」

「了解した！」

リアは威勢良く頷いた。

彼女なら問題ないだろう。そう判断した私は、荒ぶる衝動を解放して駆け出した。

◆

私は地面を踏み割りながら突進する。

前方に向けて捻じ込むような掌打を打つ。絡め取った空気が圧縮された暴風となり、軌道上にいた者達を捉えて突き飛ばした。

大半が衝撃で気絶する中、一部の者は果敢に飛び起きて反撃に転じようとする。

私は抉れた地面に手を添えて、土を一掴み握り締めた。それを立ち向かってくる者達に向けて投げ放つ。

握り固めた土は、拡散しながら高速で飛んだ。それは即席の散弾と化して彼らを切り裂く。

さらに数人が追加で死んだ。まだ動ける幸運な者も、背中を見せて逃げ始める。

私はそれを追わない。

彼らには私達の噂を広めてもらう役目があった。わざわざ追い縋って殺すことはないのだ。

私は立ち止まると、リアの戦いぶりに注目する。少し離れた所で、彼女の斬撃が三人の敵を倒すところだった。

一太刀で首や胴を通過し、血飛沫を撒き上げながら殺害する。魔術で切れ味を上げているのだろう。

死体となった三人が倒れたところで、リアは肩の力を抜いて剣を下ろす。彼女の周囲には死体が散乱していた。いずれも彼女が始末したものだ。

彼女の纏う鎧は、ほとんど無傷だった。鎧の性能に頼らず、回避を欠かさなかった証拠である。

(良い傾向だ)

リアは私の動きを参考に、身のこなしを活かす方面で鍛練している。

元よりこの数を倒せるだけの実力はあった。加えて短期間ながらも私の指南を受けた彼女は、その才覚を十全に発揮し始めている。

力量を急速に伸ばせたのは、何も私の指導力が高かったわけではない。ひとえに彼女の努力であろう。必死になって強さを求めた結果だ。その貪欲さは嫌いではない。

リアを見ていると、肉体だけでなく心まで若返りそうだった。

弟子を迎えたことで、私にも成長の余地が生まれたらしい。私はそれをはっきりと実感していた。なんとも喜ばしい発見である。昔の自分では辿り着けなかった境地だ。リアには感謝が尽きない。

「ウェイロン殿！　小官の戦いを見てくれたか」

「ああ、悪くなかった。鍛練の成果が出ているようだ」

屋外の敵を倒し切った私達は、豪邸の前に移動する。

室内はやけに慌ただしい。怒声や走り回る音が聞こえてくる。私達を迎撃するための準備を進めているのだろう。

最も手っ取り早いのは、この豪邸を倒壊させることだ。

私ならば拳の一撃で可能である。

しかし、それだと被害が甚大すぎる。貴重な情報源となる人物が、倒壊に巻き込まれて死ぬ恐れがあった。そうなってしまっては元も子もない。

やはり正攻法——すなわち豪邸に侵入し、迫る敵を叩き潰しながら進むのが一番だろう。そうして犯罪組織の頭や幹部を捕らえるのだ。

私には尋問や拷問の技術がない。

ただ、目の前で部下を惨殺すれば、向こうも素直になるはずである。それでも隠し事をするのなら、本人の身体を傷付けるだけだ。

私達は情報が欲しいだけなのだ。最低限、正常に会話さえできればいい。

つまりその他の部位については、損壊させてもいいということである。

こちらの納得できる情報を吐くまで、彼らには頑張ってもらおう。

◆

私は鋼鉄製の扉を開けようとする。

しかし、抵抗感があって開かなかった。どうやら室内から施錠されているらしい。

「ふむ」

私は扉の表面に触れる。

それなりに分厚い。弾丸なら容易《ようい》に止められる程度だろう。

それを確かめた私は、扉に向けて蹴りを放つ。

轟音と共に扉が湾曲《わんきょく》し、外れて倒れた。

驚くリアを連れて、私は室内へと踏み込む。そして顔を上げた。

吹き抜けの二階に敵が並んでいた。彼らはクロスボウを構えてこちらを狙っている。私達が扉を開けるのを待ち構えていたのだ。

「撃てェ！」

号令を皮切りに、一斉射撃が始まった。

大量の矢が私達に殺到する。狙いがばらけており、回避は難しそうだった。

（仕方ない……）

私は瞬時に震脚を繰り出して、勢いよく床を踏み割った。

衝撃で扉が打ち上がる。扉はちょうど私達と矢の間を滞空し、一斉射撃を受けることとなった。

甲高い金属音が連続し、矢が次々と弾かれる。間をすり抜けてきた分については、私が両手で弾いた。これくらいなら難なく見切ることができる。背後のリアも無事だった。

私は扉が床に落下する前に疾走すると、壁を蹴って跳躍する。そこから二階の面々へと襲いかかった。

手すりに掴まって全身を引き上げつつ、遠心力を乗せて回し蹴りを浴びせる。数人の顔面を刈りながら、二階の床に着地した。

骨片と脳漿が四散する中、前方に立つ男と目が合う。

男は慌ててクロスボウに矢を装填しようとしていた。しかし、恐怖と焦りで何もかもが遅い。そうでなくとも間に合わない距離だろう。

私は手刀でクロスボウを破壊し、驚愕に染まる顔を掴む。そのまま男を盾にして走り出した。さらに空いたもう一方の手で敵を処理していく。

迫る攻撃は、掴んだ敵で防御した。

仲間を盾にされたことで、敵の動きに躊躇いが生じる。私はそこを遠慮なく突いていく。

そうして私は、大した時間をかけずに吹き抜けの敵を殲滅した。

死体となった盾を捨てて、リアの待つ一階に降りる。

一連の戦闘を目にしたリアは、感嘆の声を洩らした。

「素晴らしい手際だな……速すぎてあまり見えなかったが」

「いずれ真似できるようになるだろう」

「そうなりたいものだな」

彼女とやり取りしていると、背後から火球が飛んできた。

私は拳を当てて魔力を吸収しつつ、火球を破砕する。既に何度も目にした攻撃だ。吸収と破壊は容易である。

私は落ちていたクロスボウの矢を拾うと、指先の動きで投擲する。

回避し損ねた射手は、額から矢を生やして絶命した。

その様を一瞥した私はリアを促す。

「行くぞ」

「りょ、了解した！」

室内にはまだまだ敵が残っている。

早く組織の頭を見つけなくてはならない。不在なら幹部でもいい。とにかく情報源が必要だった。

入り口を抜けた私とリアは、豪邸の奥へと進んでいく。

◆

前方に飛び出した私は、床に拳を打ち付ける。

接触点を中心に床が膨張し、やがて臨界点を超えて爆散した。

弾ける衝撃は、そのまま進行方向へと突き進んでいく。廊下に並ぶ調度品を破壊しながら、軌道上の敵を巻き込んだ。

廊下が轟音を立てて崩落していく。それに伴って室内が傾いた。

あちこちが危うい軋みを鳴らしている。やりすぎると、全体が崩れそうな気配があった。

めくれ上がった床は突き当たりまで半壊し、各所に死体が挟まっている。高級感溢れる廊下は、今や血に彩られた惨状を露《あら》わにしていた。

どこもかしこも壊れており、とても歩いて進める状態ではない。

拳を持ち上げた私は呟く。

「……やりすぎたな」

「ウェイロン殿にもそういった自覚はあるのだな」

後ろでリアが苦笑する。

彼女の足下には、斬り殺された死体が転がっていた。首筋を切り裂かれている。無駄な傷はなく、一撃で仕留めたのが窺えた。

豪邸に侵入した私達は、室内を探索していた。そして遭遇する敵を片っ端から倒しながら、着々と上階へ進んでいる。現在は二階までを制圧したところであった。

敵の質は良くも悪くもない。こちらに襲いかかるだけの胆力はあるも、印象に残るほどの実力者は見つからない。おそらくリアだけでも十分に対処可能なほどだ。様々な戦い方を試せるのはいいが、そろそろ強者が欲しくなる。

(血の滾るような死合いはないのか……)

燻る衝動を自覚していると、敵の接近を察知した。

場所を特定した私はリアに警告する。

「右の部屋から来るぞ」

「分かっているッ」

リアが身構えると同時に、右側の扉が開かれた。

中から飛び出した男が、斧を掲げて斬りかかってくる。隠密の技能を持っているようだが、私やリアの前では無力であった。

前に躍り出たリアは、繰り出された斬撃を剣で受ける。そこから押し込むようにして体当たりを敢行した。

斧使いを怯ませながら、追撃で相手の胴体を叩き割る。

倒れる斧使いは、弾みで臓腑を撒き散らした。必死に掻き集めようとしているが、その動きで余計にはみ出している。リアは速やかに刃を落として、斧使いの徒労を終わらせた。

私は彼女の一連の動きに感心する。

(能力に頼らない動きを意識しているな)

リアは特殊能力を保有していた。片目に紋様が浮かび上がると、先読みの力を発揮できるのだ。

私の攻撃すら回避できるほどで、その性能は折り紙付きである。

しかしリアは、その力をなるべく使用しないようにしていた。私の助言に従って地力を上げるためだ。

その成果は、徐々に表面化しつつあるようだった。リアの立ち回りは、だんだんと洗練されてきている。

「いい切り返しだった。悪くない」

私が評価すると、リアは微笑む。本人も成長を実感しているようだ。

やはり実戦による反復練習が功を奏したのだろう。

これからも同様の手順で鍛練を重ねてもらおうと思う。

◆

ほどなくして私達は、豪邸の最上階に到着した。

特に傷は受けていない。リアが少し疲労しているくらいである。

この建物には隠し通路や地下室が設けられているが、誰かがそこへ移動する気配はなかった。

道中、幹部や頭らしき人間も見つかっていないので、この階に逃げ込んだものと思われる。

最上階は全体が一つの部屋になっているらしい。階段を上がるとすぐに扉が立ちはだかっていた。

扉の前で立ち止まり、リアに忠告する。

「私の後ろから離れるな」

「……了解した」

私が先行して扉を開ける。

広い室内は、黒を基調とした豪華な内装で彩られていた。

その奥に、椅子に座る初老の男がいた。頬と目元に古傷があり、鷲を彷彿とさせる鋭い双眸を持っている。

私は直感的に察する。椅子に座る男こそ、組織の頭だろう。

しかし何かがおかしい。

男は険しい表情で汗を浮かべていた。恐怖を感じているらしい。私に対するものではない。

加えて室内には死体が散乱していた。

鋭利な武器で刺されたり、斬られた痕跡が見られる。欠損の激しい焦げた死体は、魔術による殺傷だろうか。

(男の部下か？)

何が起こったのかは分からない。男は死体をよそに、ただ静かに座っていた。

「あの男は、一体何をしているのだ……？」

怪訝そうなリアは前に踏み出そうとする。それを私は手で制した。

「待て。これは罠だ」

姿は見えないが、何者かが潜んでいる。

微かに気配がするのだ。巧妙に隠しているが、魔力や殺気も感じられた。

どうやら私達を観察しているらしい。機を見て奇襲をするつもりなのだと思われる。

私は殺気を放出しながら発言する。

「姿を見せろ。潜んでいるのは分かっている」

言い終えた後、部屋の中央部で空間が歪む。

そこから現れたのは二人の男女だ。

男は二十代半ばで、青い髪に赤い瞳が特徴的だった。狂暴な笑みを湛えており、尖った歯を覗かせている。防具は身軽な革鎧で、金属製の槍を携えていた。

女も同じ程度の年齢だろう。白いローブを纏い、目深《まぶか》に被ったフードで顔を隠している。垂れ下がった金髪も合わさって表情はよく見えない。

武器は持っていないが、両手に数種の指輪が嵌《は》められていた。

以前、リアから聞いたところによると、杖や指輪は魔術行使における補助具のような扱いらしい。

つまりローブの女は魔術師なのだろう。姿を隠蔽していたのも、おそらく彼女の術に違いない。

二人組は組織の頭のそばに歩み寄った。頭の男は顔を俯《うつむ》かせる。心なしか顔が青ざめていた。

その光景から、私は両者の力関係を理解する。

室内に転がる死体の山は、二人組が築き上げたのだろう。

思考を巡らせていると、槍使いが威勢よく話しかけてきた。

「よう！　お前が侵入者か！」

「組織の頭は誰だ」

私は無視して質問を返した。

答えは分かり切っていたが、念のために確かめておきたかったのだ。

すると槍使いは片眉を上げた。彼は面白そうに椅子の男を小突く。

「この禿《は》げ頭のことかい？　雇われに来たのなら、やめた方がいい。報酬を渋りやがるケチ野郎さ」

「……っ」

頭の男は歯噛みして耐えていた。

怒りを覚えているようだが、抗議はしない。その瞬間に殺されると分かっているのだ。

現れた二人組は、明らかな強者であった。内包する魔力は常人の比較にならない。その佇まいは、卓越《たくえつ》した技量と戦闘経験を窺わせる。

（これは、楽しめそうだ）

私は静かに歓喜する。

状況はよく分からないものの、なかなかの大物を引き当てたのは確かであった。手応えのない相手ばかりで消化不良だったのだ。それも解決しそうである。

愉快そうに笑う槍使いだったが、急に眉を寄せた。

顔を顰めた彼は、赤い目を見開いて私を凝視する。

「ん？　ちょっと待てよ、あんた……」

少々の沈黙を挟んで、槍使いがぎょっとした顔となった。そして慌てて鼻を動かす。何かを嗅いでいるようだ。

彼は真面目な様子で隣の魔術師に声をかけた。

「ヴィーナ」

「ええ、あなたの考える通りです」

魔術師は澄んだ声で述べる。

刹那、彼女と目が合った気がした。途端に不自然な悪寒に襲われるも、気力でそれを掻き消す。

魔術による精神面への干渉だろう。物静かに見えて、油断も隙もない。

槍使いが私を指差した。なんらかの確信を得た彼は、歯を剥き出しにして問う。

「――間違いない。あんた、あの毒豚を殺《や》ったな？」

◆

「ああ、殺した」

私は素直に肯定した。

別にわざわざ誤魔化すことではない。それに槍使いは断定口調だった。嘘を言ったところで意味がないだろう。

毒豚とは、おそらく渓谷にいた腐毒の魔王のことだ。

槍使いは何かを嗅いで、私の戦歴を把握した。

(魔王の魔力か?)

魔力に臭いがあるのかは不明だが、なんらかの手段で確信を得たようだった。

槍使いは獰猛な笑みで叫ぶ。

「はは、やはりそうか! あの魔王が死んだ時は驚いたもんだが、あんたを見て納得したぜ」

「……ふむ」

私は動き出そうとする両脚に力を込めて止める。気を抜けば槍使いに跳びかかりそうだった。

彼の覇気を受けて、戦闘本能が刺激されている。

槍使いは相当な武人だ。

魔力の質から考えると、おそらく人間ではないが、そんなことは関係なかった。

種族なんてどうでもいい。待ち望んでいた強者が現れたのだ。

今はその事実だけで十分である。

少なからず高揚する私だが、寸前で理性を取り戻した。

優先すべき目的を思い出したのだ。

「お前達は何者だ」

「あ？　まさか知らないでここまで来たのか」

「そうだ」

私が答えると、槍使いは間の抜けた顔で固まる。次の瞬間、顔を手で覆って爆笑し始めた。

「ハハハハッ！　これがまったくの偶然とはなァ……面白いこともあるもんだ」

やがて笑い終えた槍使いは、質問の答えを述べる。

「俺達は魔族さ。この街の噂は聞いたことがあるだろう」

「なるほどな……」

それを聞いた私は、現状を少し理解する。

魔族はこの豪邸に潜伏していたのだ。犯罪組織を隠れ蓑《みの》に活動していたらしい。

しかし、なんらかの流れで、両者の関係に亀裂が入った。そうして組織の人間が殺されたところに、私達がやってきた。なかなかに混沌《こんとん》とした状況である。

もっとも、いきなり引き当てるとは思わなかった。

魔王の配下ならば、これだけの強さを有するのも納得である。

奇妙な巡り合わせに感心していると、黙り込んでいたリアが槍使いを睨んで驚愕した。

「ま、まさか〝鬼槍《きそう》〟のアブロか……!?」

「ご名答。そっちの嬢ちゃんは知っていたようだな」

槍使いはリアを指差しながら頷く。驚く彼女を見て愉快そうにしていた。

気まぐれに回転する彼の槍が、椅子の男を浅く切り裂いていた。

それをよそに私はリアに尋ねる。

「誰だ」

「鬼槍のアブロは、荒野の魔王の配下だ。槍一本で軍勢を屠る怪物であり、戦場では常勝無敗と聞いている……」

「ほう」

私はさらなる興味を抱く。

槍使いアブロは、有名な魔族らしい。常勝無敗とは、なんとも心惹《ひ》かれる表現であった。

「アブロの隣にいるのは、黒魔導師ヴィーナだろう。人間でありながら魔王に加担する女だ。二つ名は〝幻惑〟で、認識阻害や精神攻撃に長《た》けている」

リアが続けて解説するも、当の本人は人形のように動かない。ただ冷ややかな眼差しを私達に向けていた。

リアは剣を構えながら私に問いかける。

「どちらも上位の魔族だ。同時に相手をするのは厳しいが……どうする？」

「決まっている」

私は前に進み出ると、両手を握り締めた。

そして二人の魔族に宣告する。

「――全力で来い。存分に死合おうではないか」

◆

私の言葉にアブロは歓喜した。槍で肩を叩きながら、彼は笑みを深める。

「奇遇だな。俺も戦いが好きなんだ。あんたみたいな男とは気が合う」

アブロは槍を構えた。

穂先付近に指を添えて、しっかりと腰を落とす。そこから前傾姿勢になった。赤い瞳が、猛獣の如き視線を向けてくる。

「全力で殺し合おうぜ」

アブロが殺気を全開にする。荒れ狂う覇気が室内を震わせた。組織の頭が椅子から転げ落ちて、床を這いずるようにして逃げる。

そちらには目もくれず、アブロは私を注視している。

こちらの一挙一動を観察しているようだった。いつでも突撃してきそうな気配がある。

その視線を堂々と受けつつ、私はリアに告げる。

「魔術師は任せた」

「そ、それはどういう――」

リアは困惑するも、私は気にせず疾走する。目指すはもちろんアブロであった。あの槍使いを拳の間合いに捉えねばならない。

「ハハァッ！」

大笑《たいしょう》するアブロは、砲弾のように突進してきた。掲げた槍を振り下ろしてくる。なんとも豪快な攻撃であった。

私は意識を加速させる。槍の穂先から逃れつつ、振り下ろしを躱した。

空を切った槍は、床を粉々に叩き割る。

私は掌底を打つために手を引いて、止まる。

眼前のアブロが蹴りを放とうとしていた。寸前で上体を反らすと、掠めるようにして蹴りが通過する。

「チィ……ッ」

舌打ちしたアブロは、床に突き立てた槍を軸に回転した。半身の姿勢から、遠心力を乗せた蹴りを繰り出す。

しかし、私はこれも回避した。アブロの爪先が、浮いた前髪の何本かを千切る。額に風を受けるも、微塵も臆さずに動く。

(大胆ながらも攻めにくい。よく考えている)

隙だらけかと思いきや、アブロは巧妙な罠を張ってくる。殺し合いに慣れている証拠だ。相手の視線や呼吸を意識している。どうすれば騙《だま》せるのかを理解しているのだ。

何も考えていない戦闘狂に見えて、とんだ策士である。

「こいつはどうだッ！」

アブロは流れるような動きで着地すると、槍を引き抜きながら一閃させる。

きわどい軌道に対し、私は手の甲で槍を弾く。そこから反撃の拳を打ち込んだ。紙一重で反応したアブロは槍を引いて防御する。

「ぐっ……!?」

アブロは耐える。突きを受けた槍が軋む。それでも彼は、強引に受け流そうとしていた。

私は拳を引かずに、全身の力を上乗せする。前に出した脚が、床を粉砕しながら陥没した。

「う、ごおああああぁ……ッ」

アブロは踏ん張ろうとする。

しかし、体勢が後ろへと僅かに傾いていた。

私はその瞬間を逃さない。

刹那、打ち上げるように腕を振り切る。

アブロの足は床を離れて、彼は宙を回転しながら飛んだ。

そのまま天井を破って屋外へと消える。

私は走り出すと、天井の穴から後を追う。

その時、ヴィーナがこちらを向いた。

「…………」

互いの視線が交錯するも、特に何かしてくることはなかった。

私からも攻撃は仕掛けない。今はアブロの追跡が重要であった。

ヴィーナの相手は、リアに任せればいいだろう。

私の見立てでは、彼女なら一騎打ちでも勝てるはずだ。大きな困難だろうが、きっと突破できる。鍛練の一環として乗り越えてほしい。

屋根の上に着地した私は地上を見下ろす。

敷地内の芝生の上にアブロが倒れていた。

彼はゆっくりと起き上がると、獰猛な眼差しを私に投げる。

その様子を見るに、アブロは五体満足だった。

最低でも両腕を砕くつもりだったが、あれは折れていない。吹き飛ばされながらも、衝撃を逃がしたらしい。

私は自らの鼓動を聞きながら微笑する。

「――いいぞ。悪くない」

私はアブロに期待を寄せる。

本気の一撃ではなかったものの、ほとんど無傷とは予想外だ。身体能力はもちろん、卓越した技量を持っている。この男ならば、存分に死合うことができそうだ。

狂おしい熱気を帯びながら、私は屋根の上から飛び降りた。

◆

アブロは慣れた調子で槍を回転させる。それを止めた彼は、次に両手を開閉して苦笑する。

「やってくれるじゃねぇか。腕が痺れちまったぜ」

その口調から怒りは感じられない。

アブロは純粋に戦いを楽しんでいるようだ。

常勝無敗という異名から分かる通り、一方的に殴り飛ばされる経験は珍しいのだろう。

彼の歓喜は、こちらにまでしっかりと伝わってきた。

槍使いアブロは、私に大きな期待を抱いている。その熱意が私にも喜びを与えた。

これこそが強者との戦いなのだ。感動で気分が昂《たかぶ》ってくる。

私は強烈な衝動を鋼の意志で抑え込んだ。

理性的にならなければ。この機会を無為に消費するのは、あまりにも勿体《もったい》ない。互いに力を尽くすような時間にしたかった。

私はふらつきそうになりながらも、努めて冷静になる。

槍を弄《もてあそ》ぶアブロは、思い出したように尋ねてきた。

「あんた、何者だ」

「リ・ウェイロン。異世界から召喚された勇者だ」

私がそう答えると、アブロは少し驚いた顔をする。そして笑みを深めた。

「……なるほどなぁ。あんたが噂の勇者か」

言葉の端々に意味深な響きが含まれていた。アブロは面白そうに語る。

「話は聞いてるぜ。王都で兵士を殺しまくったってな。狂った野郎とは思っていたが、こいつは想像以上だ」

「…………」

私は沈黙する。

アブロの嫌味は否定できない。

召喚された当初、私は多数の兵士を殺戮した。

不当な扱いを受けたのが原因だが、それでも過剰な報復だったろう。

あの時、私は血に酔い痴《し》れていたのだ。己より弱き者達の命を刈って楽しんでいた。それは紛れもない事実である。

しかし、自己嫌悪に陥るようなことはない。薄汚い本性は自覚しており、今に始まったことではなかった。

老いによって治まっていたものの、私は元から殺戮を好む性質だった。リアのように崇高な精神は、微塵も持ち合わせていない。暗殺者という経歴を除いても、殺人鬼の本質が残るだけである。

「連れの嬢ちゃんは、放っておいていいのか」

「問題ない。彼女ならば勝てる」

「ははっ、そいつは大した信頼だな」

アブロは立てた人差し指を左右に振りながら舌を鳴らした。彼は声を落として言う。

「ヴィーナを甘く見ない方がいい。手段を選ばない魔術師ほど厄介な存在はいないもんだ」

「そうか」

私は相槌《あいづち》を打ちつつ、前に進み出て両拳を鳴らした。

殺気を放出し、意識をアブロへと集中させる。

「――ならばお前を倒して、援護しに行くとしよう」

「ははは、言ってくれるじゃねぇか。上等だ、やってやるよ」

アブロは怯まず槍を動かす。腰を落とした彼は、地を這うように突進してきた。

◆

拳と槍が衝突する。私は打撃を押し込もうとして、中断した。アブロが後方に宙返りすることで威力を殺し、同時に蹴りを放ってきたからだ。サマーソルトキックと呼ばれる技であった。

蹴りが私の鼻先を掠める。ひりつくような痛みが走った。浅く切れたらしいが、どうでもいい。

私は宙返り中のアブロに拳の連打を繰り出す。アブロは華麗な槍捌きで防御していった。凄まじい動体視力だった。その最中も緩やかに宙返りしている。

アブロは地面から離れている状態であった。本来なら防御できず、吹き飛ばせるはずだった。まるで位置が固定されているかのような挙動である。

（なんらかの魔術を使っているのか？）

考えている間に、アブロは防御から反撃してきた。

彼は連続して突きを繰り出す。目にも留まらぬような速さで、一撃ごとに急所を狙ってくる。

私はそれらをいなしながら反撃した。

宙返りをしたアブロが着地するまでに、私達は数百の攻防を繰り広げる。全身に無数の掠り傷が増えるも、それはアブロも同じだった。

彼の額には、いつの間にか角が生えていた。肌は黒く変色している。

人間のように見えた姿は擬態らしい。過熱する殺し合いの中で、本来の姿が露呈したようだった。

もっとも、そのようなことに興味はない。

長き人生で最も強い武人と戦っている最中なのだ。種族の差などさしたる問題ではなかった。

互いに距離を取らず、ひたすら相手を殺すために攻撃し続ける。

私は歓喜していた。一瞬の油断が死に直結する。そのやり取りを高速で展開している。血が沸き立つような戦いであった。

(もう少し、加速しても良さそうだな)

思考する間に、アブロがはね上げるように槍を振るう。顎を抉る軌道だった。

私は首を傾けて躱す。いや、正確には躱せていない。穂先が皮膚と肉と骨を削っていた。しかし致命傷ではない。

私は強引に踏み込んでいく。超接近戦だ。槍からすれば不都合な間合いであった。アブロが小さく舌打ちする。

私は振り抜くように肘撃を叩き込む。アブロは紙一重で回避した。しかし、大きく体勢がゆらぐ。苦し紛れの刺突も、片手で掴んで止めた。

私はその槍を手元に引きながら掌打を放つ。逃れようとするアブロに対し、さらに踏み込んで打った。その一撃は、アブロの胴体を捉えた。めり込んで肋骨を粉砕する。

衝撃が内臓に響いた瞬間、アブロが目を見開いて吐血した。私は打ち込んだ拳を開き、アブロの衣服を掴んで間合いを維持する。一方の手で握っていた槍を放すと、手刀を作って振り下ろす。

渾身《こんしん》の手刀が、アブロの首元に触れた。そのまま胴体を斜めに引き裂いた。

◆

手刀の軌跡に沿って切断されて、アブロが崩れ落ちる。片腕と胴体の半分ほどが切り離されていた。アブロは臓腑を撒き散らして地面に激突する。

直後、アブロの片手が槍を振るった。

即死しても不思議ではない状態でありながら、極めて鋭い一撃を放ってきたのだ。ここまでのやり取りで最も苛烈《かれつ》であった。

私は後ろへ退きながら、アブロの攻撃を手で弾く。手の甲に抉れるような痛みが走った。

見ると皮膚と肉が剥がれている。

すぐに血が溢れ出してきた。動かすと、深部に響くような痛みもあった。骨が割れているかもしれない。

私は、受け流しに失敗した。アブロによる決死の一撃が、私の防御を超えたのである。

しかし、彼の抵抗もそこまでが限界だった。

力尽きたアブロは地面に倒れる。槍の穂先が大きく曲がっていた。

それを目にした彼は、仰向《あおむ》けになって苦笑する。口端から血が垂れていた。

「やってくれたなァ……ふざけた、強さだ」

「お前も強かった」

「ははっ、本気を出していないくせに、よく言うぜ……」

アブロは鼻を鳴らす。非難するような口調だったが、表情は満ち足りていた。

私はその様子に羨望《せんぼう》の念を覚える。

深呼吸するアブロが咳《せ》き込んだ。空を仰ぐ彼は、力ない口調で呟く。

「まあいい。あんたは勝って、俺は負けた。それだけ分かれば十分だ」

アブロの視線が動いて、近くに立つ私を見た。彼は片手で上体を起こすと、青い顔で発言する。

「何か、訊きたいことがあるんじゃ、ないのか？　特別に答えて、やるよ」

「いいのか」

「勝者の特権さ。素直に受け取ってくれよ」

アブロは親しげな調子で言う。騙そうとしているのではない。言葉の通り、戦いの報酬として情報を提供しようとしていた。

（なんと潔い男だ……）

私は彼の提案に甘えることにした。気になっていた疑問を口にする。

「魔族はこの街で何をしようとしている」

それは核心を突く質問だった。

戦いに夢中になって、結局訊きそびれていたが、本来なら真っ先に知らねばならないことだろう。

私達がこの街での滞在を決めた要因でもある。

アブロはゆっくりと目を細めた。血塗れの口元を笑みの形に曲げた彼は、薄く息を吐いた。

そして、静かに答えを述べる。

「王国と帝国の戦争……その火付け役だ」

◆

私は眉を寄せて、アブロの顔を見つめる。

彼は血をこぼしながらも、澄ました顔をしていた。皮肉らしき色も見え隠れする。

私はアブロに説明を求めた。

「どういうことだ」

「あんたを召喚した王国は、帝国とすこぶる仲が悪い。しかし、表立って戦争は行っていない。なぜか知っているか？」

「この街が間にあるためか」

息を吐いたアブロが頷く。

「建前上は帝国所属だが、実際は独立都市だ。犯罪者が犯罪者を取り締まって、犯罪者が犯罪者から搾取する。これほどの楽園も、珍しい……」

その意見には私も共感する。この街は、あまりにも無秩序だった。暮らす人々がそれを望み、意図的に形成しているのだろう。魔族という不安定な要素が紛れたところで、その根底は欠片も揺らいでいない。

しかしこの街があるおかげで、王国と帝国は冷戦で済んでいるのだった。

国境付近にあるこの街は、二国を等しく牽制している。結果として危うい均衡を保っていた。

「魔族は、この冷戦を崩すつもりなのか」

「ああ。街を崩壊させれば、必ず戦争に発展する。両国は自《おの》ずと消耗し、魔王軍が進攻する隙が生まれる」

アブロは途切れ途切れに語る。

現在、帝国は荒野の魔王と直接敵対していない。領土が接していないため、隣接する国々に軍事的な支援をするだけに留めていた。魔王が討たれた時に備えて、今のうちに恩を売り付けているとのことだ。

打算に基づいた支援だが、魔王軍を困らせる程度の影響があった。

魔王軍としては、まずは帝国に攻撃して、後方支援ができないようにしたいらしい。その後で各国の支配へと動くつもりだという。

なんとも地道な策であった。

荒野の魔王は、慎重な性格のようだ。本人が発案したのではないかもしれないが、なんにしろ魔王軍の動きは冷静である。

「事情を知った上で、あんたはどうする？　もう個人が解決できる領域じゃねぇぜ。戦争は始まって、荒野からの侵略も過激化するんだ」

「簡単な話だ。この街の魔族を殲滅して、荒野の魔王を殺す」

私が即答すると、アブロは目を丸くした。

「毒豚とは比較にならないぜ。それでもやるのか」

「無論だ。使命を放棄するつもりはない。それに、楽しそうだ」

私は微笑しながら本音を洩らす。死を意識するような戦いこそ、私が渇望するものであった。そこで相手を乗り越えられるのなら、さらに楽しい。

自らの力をぶつける強者が欲しかった。

「ははは、あんた最高だよ……その心意気なら、本当にやっちまうかもな」

アブロは疲れたように笑うと、片手を懐に差し込む。

痛みに顔を顰めつつ、彼は一枚の紙片を取り出してみせた。それを私に押し付けてくる。

「この街にいる魔族の情報だ。しっかり捜し出せよ？」

アブロが強い意志を込めて言う。私は無言で頷いた。

すると、アブロは糸が切れたように倒れる。

片肘を立てて起き上がろうとして、失敗した。彼は悔しそうに苦笑する。

「俺、も……そろそろ限界、だな」

アブロの出血はほとんど止まっていた。傷が塞《ふさ》がったのではない。もう流れ出る血が残っていないのだ。

それに気付いた私はアブロに告げる。

「いい死合いだった。感謝する」

「……そっくりそのまま、返すぜ」

アブロは呻《うめ》くように呟いた。

穏やかな笑みを湛えて、彼は息を引き取った。

◆

私はアブロの遺体から離れる。

彼から譲られた紙片を一瞥し、その内容を記憶してから懐に収めた。

アブロの誠意は無駄にはしない。彼は、種族や立場の垣根を越えて私に助力した。死合いの結果を重んじたのである。

私は、とても嬉しかった。これほど清々しいことは滅多にない。

受け取った紙片を活用し、潜伏する魔族は皆殺しにする。そして二国間での戦争を阻止するのだ。

この街の安全を確認できた段階で、次は荒野の魔王に挑むつもりであった。

（まずはこの場を切り抜けるのが先決だが……）

私は無事に勝利したものの、リアが少し心配だ。

おそらく勝てると思われるが、魔術師は何をするか分からない部分がある。万が一の際は、介入することも視野に入れた方がいい。

私は豪邸の壁を蹴り上がって屋上へと戻った。開いた穴から室内を覗き込む。

そこでは激戦が繰り広げられていた。

リアとヴィーナは互いに消耗し、片時も休むことなく攻防を展開している。実力はほぼ互角だろう。

「ハァッ！」

リアが一直線に突進する。その進路上に魔力の歪みが生じた。

見ればヴィーナが手をかざしている。なんらかの術を使ったらしい。

リアは跳ねるようにして躱すと、勢いを落とさずに斬りかかる。

ヴィーナは目の前に障壁を生成して斬撃を食い止めた。

派手に削られながらも、障壁はなんとか維持されている。相当な耐久性があるようだった。

しかし、リアもそこでは終わらない。彼女は流れるように軸足を作ると、足腰の回転を乗せて蹴りを放った。魔力を込められた一撃が、障壁を粉砕する。

「……ッ」

ヴィーナの顔に驚愕が走る。彼女は術を使おうとするも、そこにリアの剣が一閃した。

宙を舞うのは、ヴィーナの片手だ。照明を受けて輝く指輪。手首から先が切断されたのであった。

ヴィーナは不思議そうに首を傾げる。断面から鮮血が噴き出していた。リアの剣がさらに往復し、もう一方の手も切り落とされる。

我に返ったヴィーナの唇が高速で動く。

彼女の胸元――ローブの下で何かが発光していた。それはどうやらネックレスらしい。ヴィーナは、指輪の他にも魔術の補助具を隠し持っていたのだ。

直後、ヴィーナの髪が膨れ上がる。フードを突き破りながら伸びると、一本一本が針のようになってリアに襲いかかった。勢いと鋭さを見るに、鋼鉄に等しい破壊力があるだろう。

だが、リアは退かない。些《いささ》かの怯みも見せず、彼女は力強く踏み込んだ。床を踏み割りながら距離を詰めて、最適な間合いを確保した。

そして、神速の突きを繰り出す。

剣の切っ先が、ネックレスを貫いた。その勢いでヴィーナの体を捉える。

「うおおおぉォォォッ！」

雄叫びを上げるリアは、そのまま駆け出した。ついにはヴィーナを壁に叩き付ける。

濛々《もうもう》と砂塵が舞う中、ヴィーナは床に座り込んで動かない。胸に大穴が開いていた。心臓は間違いなく穿たれているだろう。

リアはそこに刺さる剣を引き抜くと、私を見上げた。

「やったぞウェイロン殿！　小官が勝ったッ！」

リアは高らかに宣言した。輝かしい笑みを受けて、私は頷いて応じた。

◆

私は室内に降り立つと、正直な感想をリアに告げた。

「見事な剣捌きだった。鍛練の成果だな」

「そう言われると照れるな……」

鎧を解除したリアは、微笑みながら頬を掻く。多少疲れているようだが、まだ余力が窺えた。

彼女は先読み能力を使っていなかった。あの魔眼があれば、さらに有利な戦いができたはずだが、それを選ばなかったのだ。ヴィーナとの死闘を鍛練と認識し、己の地力を磨くことに専念したのだろう。

なんとも危険な判断ではあるが、結果的にリアは乗り越えた。称賛する他ないだろう。

加えて面白い発見があった。リアは、随所で私の動きを模倣《もほう》していたのである。使える立ち回りを、率先して自らの剣術に組み込んでいた。

先読みの目を持つ影響なのか、洞察力も非常に高い。日々の鍛練で私の動きを視て習得していたらしい。素晴らしい逸材であった。

闘気を霧散させたリアは、私の手の甲の傷を見やる。

「ウェイロン殿も、アブロを倒したのか？」

「ああ、倒した。強敵だった」

私は頷く。

あれだけの槍使いは見たことがない。今後、会えるかも分からなかった。それほどまでの使い手であった。

リアは難しい表情で腕組みをする。何かを考え込み彼女は唸る。

「貴殿がそう評するとは……小官では勝てなかったかもしれないな」

「否定はできない」

アブロは卓越した技術と、常軌を逸した動体視力による攻防を得意としていた。

それはリアの戦法と被っている。両者が同じ長所を持つとなれば、自ずと実力差が物を言う。

リアが勝利を掴み取るのは困難であろう。同じ理由で、アブロは私に敗北したのだから。

私がリアにヴィーナを任せたのは、相性的な判断であった。

魔術師は様々な能力が強みだが、全体的に動きが悪い。術の鍛錬に重きを置いているためなのか、身体能力が低めなのだ。そこをリアなら突けると考えたのだ。

「やはり小官では敵わないか！　ならば、さらに強くなるしかないな！」

リアは快活に笑う。とても前向きな考え方だった。

この飽くなき精神が、彼女自身をさらなる高みへ導く。見ているこちらまで頑張ろうという気になれた。

その時、私達の近くに殺気が生じた。

視線をずらすと、半透明の触手が蠢いている。数十本ものそれらが、雪崩《なだ》れ込むように殺到しつつあった。

(なんだ)

私は瞬時に姿勢を変えて迎撃する。

しかし、打ち込んだ拳や足は触手を素通りした。まるで手応えがなかった。

(非物質性の魔術か……)

私は回避しようと飛び退く。しかし、すり抜ける触手には敵わず、最終的には四肢を囚われてしまった。

リアも鞘から剣を抜く姿勢で拘束されている。彼女は顔を赤くして踏ん張るも、触手は微塵も緩む気配がない。

「ふむ……」

身動きの取れない私は、触手を視線で辿って発生源を捜す。

それはすぐに見つかった。

無数の触手は、半壊した壁にもたれるヴィーナの亡骸《なきがら》から生えていた。

◆

死んだはずのヴィーナがむくりと起き上がる。

ふらつきながら立ち上がった拍子に、胴体の穴から千切れた臓腑が垂れた。

彼女は咳き込んで吐血すると、手首から先のない腕で口元を拭う。

ヴィーナが顔を僅かに持ち上げた。垂れた前髪の隙間から、濁った双眸が覗く。

「油断、しましたね」

「なぜ生きている」

「事前に仕込んでいた死霊魔術が発動しただけです。厳密には死んでいます」

ヴィーナは掠れた声で言う。死霊魔術については、リアから軽い説明を受けたことがあった。

曰く、死者の魂を操る術らしい。屍《しかばね》を自由に動かすこともできるそうだ。

ヴィーナはその術で自らを蘇生したのだろう。今の彼女は、所謂《いわゆる》ゾンビのような状態であった。

私やリアが復活を予期できなかったのも納得である。心臓を貫かれたヴィーナは確実に死んだのだ。能力を活かして奇襲した彼女が、一枚上手だった。

ヴィーナは両腕の断面から血を滴らせる。それらを一瞥してから息を吐いた。

「術の効力は長続きせず、この身はすぐに朽ち果てるでしょう。しかし、役目は全うします」

極寒の殺気が放射される。

虚勢ではない。ヴィーナは己の死を覚悟し、その上で私達を始末しようとしていた。

絶対的な意志が感じられる。話し合いなど通らないと目が主張していた。

佇むヴィーナが静止する。

その肉体が徐々に変形を始めた。遅々とした速度ながらも膨らんでいく。

彼女の体内にて、魔力が渦を巻きながら増大していた。開かれた傷口が蒸気を噴き出す。

リアは汗を滲ませた顔でたじろいだ。

「ウェイロン殿、あの魔力の脈動は……」

「自爆だな」

私は断定する。魔術に疎《うと》くても分かった。触手で私達を捕らえたヴィーナは、確実に爆殺する魂胆らしい。この距離で炸裂《さくれつ》すれば、即死しても不思議ではなかった。

人型から崩れたヴィーナは、全身各所を軋ませながら膨らみ続ける。その目は、憎悪を以て私達を射抜いていた。

「魔王様の野望を妨げるのなら、何者であれ抹殺します」

「くそ、卑怯《ひきょう》だぞ！」

リアは悔しげに吠える。ヴィーナは意にも介さない。彼女は冷ややかに唇を動かした。

「卑怯で結構。目的のためなら手段は選びません。隣のご老人は理解されているようですが」

「…………」

向けられた視線を受けて、私は黙り込む。

ヴィーナは私の実年齢を察しているようだ。若返ったことについては吹聴《ふいちょう》していない。魔術師である彼女の観察眼は、私が老人であることを看破したのだ。

もっとも、この場においてはどうでもいいことだった。

おそらくは意趣《いしゅ》返しのつもりだったのだろう。それ以上の反応を見せず、私はヴィーナに告げる。

「その忠誠心は見事だが、我々は先に進む。道連れになるわけにはいかない」

「そうですか」

ヴィーナはそっけない返事をした。彼女は風船のように膨張しており、傷口が光を漏らしている。

ローブが裂けて、張り詰めた皮膚が露出していた。こちらまで届くほどの熱気を放出している。

「あなた達を拘束する術は、物理攻撃が効きません……生半可な魔術も通用しませんよ」

後半の言葉は、リアに対するものだった。

必死に剣を抜こうとしていたリアは、険しい顔で歯噛みする。剣は仄かに発光していた。魔術を纏わせた剣で、触手を切り裂くつもりだったのだろう。

しかし、リアの術では出力が足りない。鞘から引き抜けたとしても、触手は斬れないはずだ。本人もそれを悟ったのか、観念して柄から手を放す。

「すまない、ウェイロン殿。小官が確実に仕留めていれば……」

「気にするな。私も察知できなかった」

リアだけの責任ではない。私もヴィーナの死を確信し、その上で拘束されたのだ。触手の絡まる両腕に力を込めながら私は呟く。

「ここは私がなんとかしよう」

私は体内に沈殿する魔力を意識する。それは腐毒の魔王から奪った力であった。

入念に封じていたそれを、ほんの僅かに解放する。慎重に体内を巡らせて、全身を覆い尽くしていった。

皮膚に違和感を覚えた。見れば僅かに腐蝕が進んでいる。魔力の影響を受けているようだが、気にせず意識を集中させた。

頃合いを見て魔力の流入を切る。

私の全身には、腐毒の魔力が浸透していた。あの渓谷で殺し合った魔王の残滓が感じられる。

（これならば……）

私は触手の抵抗感を知覚すると、振り切るようにして身を回転させる。刹那、四肢に纏わり付いた半透明の触手が千切れ飛んだ。追加の半回転でリアの拘束も切り裂く。

触手は私に触れた端から腐敗していった。煙を上げて崩れていく。

拘束を解いた私は、それらを掻い潜《くぐ》るように疾走する。瞬く間に爆発寸前のヴィーナへと接近していく。

「なっ……」

驚愕するヴィーナは手足を動かそうとする。しかし上手くいかない。自爆の準備が整いすぎて、魔術行使に支障を来しているようだった。

なけなしの触手が襲いかかってくるも、いずれも弾き飛ばす。接触できるのならなんら脅威ではない。目を閉じていても拘束されることはないだろう。

私は瞬時にヴィーナを間合いに収めた。血走った彼女の目を見て、はっきりと告げる。

「その執念、感服する」

「――――ッ！」

ヴィーナが何か叫ぼうとした。その前に私は、膨らんだ胴体に突きを見舞った。

破裂寸前の魔力を吸収しながら、貫き通すように打撃を打ち込む。

拳から伝わる破壊の感触。

自爆を試みた魔術師ヴィーナは、背後の壁を破って屋外へ吹き飛んだ。

◆

ヴィーナが宙を回転する。緩やかな放物線を描く彼女は、鉄柵を突き破って路上を転がっていった。最終的には、向かい側の家屋に激突して止まる。

家屋が倒壊して土煙が舞い上がった。

ヴィーナは建材に埋もれるように倒れていた。胴体に大穴が開いて、四肢や頭部が千切れかけている。

彼女の身体はしぼんでいた。先ほどまでの膨張が止まっている。

私が打撃と同時に魔力を吸収したことで自爆できなくなったらしい。

ヴィーナは憎々しげに私を睨んでいた。やがて、その瞳から光が失われる。力を失って首を垂らすと、それきり動くことはなかった。死霊魔術の効果が切れたのだろう。

魔術師ヴィーナは死んだ。

決して油断ならない恐ろしい相手だった。槍使いアブロとは対照的で、凄まじい執念の持ち主であった。

彼女は手段を選ばず、私達の始末を遂行しようとした。自爆すら躊躇わないその精神力は、魔王への忠誠心が根源だった。

人間であるヴィーナが、なぜ魔王軍に加担したのかは知らない。そこには様々な事情があったのだろう。

ヴィーナは、私のように使命を胸に挑んできたのだ。揺るぎなき信念に敬意を表したいと思う。

私は息を吐いて、全身に纏う腐毒の魔力を再び体内へ戻した。ほどなくして皮膚の腐蝕が停止し、徐々に治癒が始まった。

腐毒の魔力は肉体を蝕むが、抑え込むと効力も消えるようだ。

今回はこの魔力のおかげで助かった。私の武術と組み合わせることで、並の魔術を凌駕する威力を発揮したのだ。結果的にヴィーナの触手を断ち切ることができた。

その際に少しだけ消費したものの、体内にはまだ多量の魔力が残されている。

腐毒の効果は貴重だ。ここぞという時の切り札にしていきたい。

ヴィーナから自爆エネルギーを内包した魔力も手に入れたが、どちらも扱いが難しい。今後も使いどころを考えながら、有効活用していこうと思う。

(いずれは魔力に頼らずにやっていきたいものだ)

私の武術はまだ途上にある。

高みへと昇る余地が残されていた。

こうして若返った以上、さらなる境地を目指さねばなるまい。

新たな目標を胸に抱きつつ、私はリアに声をかける。

「大丈夫か」

「ああ、ウェイロン殿のおかげで助かった……」

リアは安堵した顔で述べる。

彼女も大きな傷は負っていない。かなりの激戦だったが、自らを成長させて生き抜いた。その姿勢は見習うべきだろう。

私はふと屋外に目を向けた。

豪邸の敷地外に人だかりができている。彼らはこちらを指差して何事かを喚《わめ》いていた。

それを認めた私はリアに指示をする。

「外が騒がしくなってきた。離脱するぞ」

「了解した」

私達は豪邸を出て鉄柵を跳び越える。騒然とする人々を尻目に、街の路地へと身を隠した。

第四章

　正面に立つ熊のような魔族は、天井にぶつけながら棍棒を掲げた。黒い毛に覆われた剛腕が、空気を歪ませながら打撃を繰り出す。

　まともに受ければ叩き潰されそうなそれを、私は片手の突きで迎えた。

　衝突の瞬間、手首や指先の動きで力の流れを掌握する。棍棒の破壊力を、私の拳に上乗せして魔族へと返した。

　それほど力を込めていない突きは棍棒を粉砕し、吸い込まれるように魔族の胴体を捉える。抉り込むように衝撃を深部に伝えると、破裂音が鳴り響いた。

「ァガッ……ッ⁉」

　魔族の背中が弾けて、肉と骨の破片が四散する。それらが背後の壁を汚した。魔族は息の詰まったような声を洩らすと、白目を剥いて崩れ落ちる。

　それを見届けた私は室内を見回す。半壊した家屋内には、数多《あまた》の屍が散乱していた。いずれも私が手にかけたものである。

　天井から怒声が聞こえてきた。すぐに重い物体が落ちる音がして、似たような音が連続する。上階を任せたリアが奮闘しているのだろう。

（助けは……必要なさそうだな）

近頃の私達は、アブロの紙片を頼りに街の魔族を殺戮していた。

魔族達は各所に潜伏している。浮浪者に紛れていたり、犯罪組織に匿《かくま》われていたり、兵士に紛れている者もいた。私達は彼らを次々と殺害した。

当然、街の勢力図に乱れが生じる。魔族の助力を受ける者達は、私達の排除を画策した。同胞を殺された魔族も報復に打って出た。

私達はそれらを片っ端から捻じ伏せていった。暴力を、より強い暴力で叩き潰したのだ。これほど分かりやすい道理はない。

アブロ達との死闘から十数日。それらもようやく沈静化しつつあった。

逆に各勢力から勧誘されるほどだ。私達とは敵対すべきではないと認識したらしい。

そういった勧誘については、いずれも断っていた。

私達はこの地に長居しない。魔族を殲滅した段階で出ていくつもりなのだ。特定の勢力と手を結ぶことに利点はなかった。

紙片に記載された魔族も、この建物にいた者が最後だった。先ほど倒した棍棒使いである。

それなりの実力者であったが、アブロには遠く及ばない。彼は魔王軍でも上位の強さなのだろう。

当時の激闘を振り返っていると、背後から僅かな殺気が発せられた。

私は壁と同化していた魔術師を掴んで引き倒し、その首をへし折る。

目視できなくとも、気配さえ分かれば始末は容易い。奇襲を狙っていたようだが、隠密能力が不足していた。

当初は生け捕りにして兵士に突き出していたが、今では皆殺しを徹底している。捕縛された者が碌な扱いを受けない上、兵士への賄賂《わいろ》で簡単に抜け出してしまうのだ。そうして私達への復讐を目論む。

二度手間になるため、確実に殺すように意識していた。

ヴィーナのように自爆してくるような輩《やから》がいないとも限らない。

残酷な気もするが、私もリアも殺人を躊躇う性質ではなかった。

上の階に赴くと、血染めの部屋が続いていた。あちこちに斬殺された死体が残されている。

リアは奥の一室に立っていた。彼女は私に気付くと、魔術の全身鎧を外して駆け寄ってくる。

「申し訳ない。少し手間取ってしまった」

「いや、十分に早かった。技が順調に磨かれている」

「そ、そうか……」

リアは照れ笑いを覗かせる。

技量の向上については、自覚している部分もあるのだろう。師である私からの言葉が嬉しいようだ。

急成長するリアに、私も負けていられなかった。

彼女の憧れる存在として、常に先を進まねばならない。まだ見ぬ強さを手にするのだ。

ほどなくして私達は建物を出る。

遠巻きに眺める人々をよそに移動を始めた。私達の名は知れ渡っており、接触してくる者はいない。

これで街の魔族は皆殺しにできた。次の標的は荒野の魔王である。

陰謀の失敗が露呈した以上、向こうはなんらかの行動に出るはずだ。次の策を打たれる前に、元凶を倒そうと思う。

目前に迫る強敵を意識して、私は胸を高鳴らせた。

◆

翌日、私達は多くの人々に見守られながら街を出発した。

住民の大半が安堵したことだろう。

私達は毎日のように殺戮を敢行してきた。その影響が大きすぎたからだ。

兵士達もそれを止めなかった。巻き添えになることを恐れたのだろう。彼らの中では、保身と懐の潤いだけが最優先だった。

悪事を働く者は、私達がいなくなることに胸を撫で下ろしているに違いない。彼らからすれば、私達は厄介者そのものである。

いつ襲撃してくるか分からず、街の勢力図など無視して荒らし回るのだから当然だろう。裏で災害のようだと揶揄されていたのも知っている。

かと言って私は、彼らを屠るつもりはない。

この地に魔族はもういない。目的を果たした以上、長居する意味はなかった。

新たな魔族がまた潜り込むもしれないが、いちいち付き合っていてはきりがない。ひとまず大きな問題は取り除いた。これ以上の労力を割《さ》く義理はないだろう。


私とリアは帝国内を移動する。目指すは荒野である。

徒歩や馬車でひたすら進んでいった。基本的に野宿で、たまに村や街に寄る。

移動中も鍛錬は欠かさない。魔物や盗賊を相手に戦いを繰り返した。

リアは剣の冴えが日々増していた。

さらに最近では、拳法も本格的に学び始めている。

基礎の基礎だが、彼女の希望で伝授することになったのだ。

リア曰く、剣を失った際も戦えるようにしたいらしい。

あらゆる場面を想定した強さを身に付けたいのだという。

その考えは素晴らしい。一つの武器を極めるのも悪くないが、偏りすぎると柔軟性に欠けてしまう。戦闘中に武器を破壊されることもある。そういった時、途端に弱くなるのは問題だろう。

だから私も、最終的には素手で戦う形に落ち着いた。

武器持ちに比べれば間合いの短さが難点だが、それを補って余りあるほどの汎用性を秘めている。

したがって拳法を学ぶのは良い選択だ。

リアにはそれなりに素質がある。元より私の動きから模倣し、剣術に組み込めるほどの才覚を有する。

初めて戦った時点で、その将来性に期待を抱いたが、想像以上の逸材であった。

己の力と、強者との死合いにしか興味がなかった私が、今ではリアの成長も楽しみの一つとしている。我ながら良い変化だと思う。

いずれリアに魔王との戦いを任せてみたい。

然るべき成長を遂げた後ならば、きっと勝利を掴んでみせるだろう。

そんなある日、私達の進路を阻む者が現れた。

森沿いに続く寂れた街道に、黒衣の人物が立っている。

頭巾で顔は窺えない。体型からして女だろう。佇まいから、身軽さが察せられる。

特徴として、非常に気配が希薄だ。意図的に気配を殺している。その技量はただの盗賊ではない。専門の訓練を受けた手練れであった。

(私達を狙う暗殺者か?)

心当たりは無数にある。

ただし、前方の人物から殺気は感じられない。殺意もなしに攻撃してくるような者もいるが、それとは異なる気がした。

「…………」

隣のリアが、剣呑な雰囲気を発する。剣の柄に手がかかっていた。いつでも仕掛けられる体勢である。

私も闘気を全身に巡らせた。どのような事態にも対応できるような心構えを作る。前方の人物だけでなく、周囲の端々にまで注意を向けた。

張り詰めた静寂の中、黒衣の女が小さな声で問う。

「あなたはリ・ウェイロン……？」

「何者だ」

それには答えず私は聞き返した。

相手はこちらの素性を確信したらしく、視線の圧力が強まる。左右の腕が僅かに揺れて、袖の内から金属の擦れる音がした。

黒衣の女が一歩踏み出す。

「――その実力、試します」

刹那、彼女の姿が霞む。瞬く間に距離を詰めてきたその女は、引いた手に短剣を握っていた。

◆

黒衣の女は、這うような姿勢から短剣の刺突を繰り出す。

常人から逸脱した速度だった。角度も鋭い上、こちらの心臓を狙っている。

私は迫る刃先を指で挟んで止めた。それ以上は刺突が進まないように力を込める。さらに短剣を引き込もうとした。

しかし黒衣の女は、それより先に短剣を離すと、宙返りしながら退避する。

（いい反応だ）

感心する間にも、黒衣の女が右の袖を揺らす。そこから澄んだ金属音が鳴った。

勢いよく飛び出したのは銀の鎖だ。音の正体はこれだったらしい。

鎖の先端が、私を目がけて突き進んでくる。

躱しながら手刀を叩き込んで鎖を切断した。千切れた先端が地面を転がる。そこから動く気配はない。制御できるのは、繋がっている分だけのようだ。決め付けは良くないが、おそらく間違っていないだろう。

黒衣の女の袖から、ひと繋がりで鎖が伸びていく。あれだけの鎖をどこに隠し持っていたのか。魔力の動きが感じられるので、なんらかの魔術を用いているのかもしれない。

女は袖から伸びる鎖を中途で掴むと、鞭《むち》のように振るってきた。鎖の先端が地面を叩き、反動で加速しながら跳ね上がる。

私は迫る鎖を左右の手で弾いた。

痺れるような衝撃。相当な威力が込められている。常人なら肉が弾け飛ぶところだ。

鎖は慣性を無視してうねり、生物のように打撃を連続させてくる。こちらの反撃を遮ることを意識した挙動だった。

隙の少ない見事な操縦である。

「はぁっ！」

その時、リアが横合いから黒衣の女へと仕掛けた。ところが彼女の斬撃は空を切る。

黒衣の女が最低限の動きで回避したのだ。剣の軌道を完全に見切っていた。

リアは果敢に攻め立てるも、黒衣の女は軽やかに躱し続ける。その間も鎖が私に連打を浴びせてくる。

(このままでは埒《らち》が明かないな)

戦況から判断した私は、迫る鎖を掴む。何度も動きを目の当たりにすれば、これくらいは造作もない。そのまま腕に巻き付けて引き寄せていく。

「……っ」

黒衣の女が驚愕の色を滲ませる。

直後、彼女の袖から鎖が抜け出た。装着していたものを分離したのだろう。

それを見た私は腕を振る。巻き付けた鎖が連動して一閃された。澄んだ金属音を鳴らして、黒衣の女に襲いかかる。

黒衣の女は後方へ跳んだ。

仰け反って鎖を躱しつつ、ナイフを投げてリアを牽制する。そのまま鎖の範囲外へと逃れた。

着地した黒衣の女は、こちらを注視しながら佇む。

その時、彼女の頭部を覆う頭巾が破れた。鎖が掠めたことで、小さく裂けていたのだろう。裂け目から頭巾がほどけて落ちる。

「あっ！」

リアが思わずといった調子で声を上げた。

頭巾の下から露わとなったのは、水色の頭髪。

続いて褐色の肌と、細長い耳が覗く。

（あの容姿は確か……）

私はリアから教わっていた知識を思い出す。

事前に聞いていた種族の外見的特徴と合致しているのだ。改めて風貌を目にした私は、確信する。

黒衣の女は、ダークエルフと呼ばれる亜人であった。

◆

顔を晒した女は、手を前に突き出した。

落下した頭巾を一瞥してから、彼女は発言する。

「待って。実力はもう、分かりました」

戦気は既に感じられない。

攻撃するつもりはないようだった。気配も心なしか軟化している。

剣を構えていたリアは険しい面持ちを崩さない。一方的に中断を告げる女に納得できないのだろう。

リアは全身を鎧に包みながら、抗議の声を上げる。

「戯れ言を。いきなり攻撃しておきながら、そのようなことを――」

「分かった」

私は被せるようにして言う。

すぐさま驚愕したのはリアだ。彼女は目を見開いて私を凝視する。

「ウェイロン殿!?」

私はリアの反応を流す。

黒衣の女に視線を固定したまま、質問を投げかけた。

「こちらを試すと言ったな。誰の差し金だ」

「帝国、です」

黒衣の女が素直に回答する。

少しぎこちない口調なのは癖だろうか。自信がなさげな態度だ。戦闘中のそれとはまるきり違う。

人付き合いが苦手なのかもしれない。

ひとまず戦いはここで終わりらしい。

やや残念だが、訊いておかねばならないこともある。

私はそれを黒衣の女に確かめた。

「目的も明かせるか」

「はい」

黒衣の女は首肯すると、ぎこちない口調で語り始める。

彼女は帝国の諜報員《ちょうほう》であり、皇帝の命令でここに来たのだという。

リアの補足によると、猟犬と呼ばれる凄腕の暗殺部隊らしい。そういった存在がいたのを思い出したそうだ。肩書きは諜報員とのことだが、暗殺任務も多いのだろう。

黒衣の女は、国内に潜伏する魔族の調査をしていた。その過程で彼女は、私達が暴れているという話を掴んだ。

素性及び目的を調べ上げたのちに、帝国の頂点に君臨する皇帝に報告した。

そして、私達の手助けを命じられたそうだ。

ちなみに手助けとは、荒野の魔王の討伐までを指すらしい。

知らぬ間に、私達は帝国内での活動を容認されていたのであった。表立っては力添えできないので、こうして影の人間を派遣して恩を売っておきたいのだろう。

(皇帝は、魔王殺しである私に関心を抱いたのだ)

できることなら友好的な関係を築きたいと考えたに違いない。

きっと王国での殺戮を知っている。だから何かを命じることはなく、あくまでも対等な協力関係を結ぼうとしている。

二の舞にならないように気を付けた結果、黒衣の女を接触させたのである。

なかなかに利口な判断だった。おかげで皇帝に対する印象も悪くない。

「つまりお前は、荒野まで味方となる。その認識で間違いはないか」

「はい。それで大丈夫、です」

黒衣の女は頷く。

事情を話し終えた彼女からは、やはり感情が窺えない。

危険な任務を言い渡されている身だが、不満などは感じられなかった。暗殺者として、心を律する訓練をしているのだろう。

話がまとまりつつあった頃、リアが私の片腕を掴んで後ろに引いてきた。

彼女は囁き声で忠告してくる。

「ウェイロン殿、あの女を信じるのか？　怪しすぎるぞ」

「目が真実だけを語っていた。問題ないだろう」

いくら感情を隠せるとしても、嘘を言ったか否かは判別できる。黒衣の女は、素直に実情を話していた。

あえて話していない部分もあるだろうが、少なくとも虚実を織り交ぜるようなことはしていない。

最低限、信頼に値するだけのことを伝達している。

それに帝国からの助力は無視できないものだ。

現在の私達には後ろ盾がない。王国からは指名手配されている始末である。

各地の魔王を殺し回るという使命の都合上、今後も様々な国を渡り歩くことになる。必須というわけではないものの、国との繋がりを持っても損はないだろう。

そういったことを説明したが、リアは尚も食い下がる。

「しかし……」

「いざとなれば、始末すればいい。彼女の力量は把握できた。私なら殺せる」

私は後押しの言葉を付け加える。

これも紛うことなき本音だ。

帝国は私を利用しようとしている。

もし不利益になると判断すれば、容赦なく抹殺しようとするだろう。だが、それはこちらも同じである。

一国を傾かせるだけの覚悟と力が、私にはあった。

たとえば腐毒の魔力だ。

これを帝国の中心地にて放出すれば、皇帝を含めた幾万もの民を殺害できる。拳を振るうまでもない。

卑劣極まりないが、必要となれば実行する所存であった。

世界を救う勇者として私は召喚された。

ただし、その本質は未だに暗殺者のそれである。手段を選ぶつもりはない。

身震いしたリアは、緊張した様子で呟く。

「さすがウェイロン殿……冷酷だな」

「伊達《だて》に何十年も暗殺業をやっていない」

私はそう返して話し合いを打ち切った。

再び黒衣の女に向き直って告げる。

「我々としては、そちらの助力を受けたいと思う」

「分かり、ました」

黒衣の女は、無表情に応じる。

彼女はその場で跪《ひざまず》くと、頭を傾げながら名乗った。

「己はアンリと、いいます……よろしく、お願いします」

◆

ダークエルフの暗殺者アンリを加えて、私達は帝国領土を移動する。

同行者が増えたからと言って、何か劇的な変化があるわけでもない。ひたすらに鍛練と移動の繰り返しであった。

たまに村や街に寄って、生活用品を購入する。

盗賊を捕まえて懸賞金を得ることで、三人分の生活費を賄《まかな》っていた。

犯罪者はどこにでもいる。金銭面で困窮することはなかった。

アンリは大人しく、基本的に無言で追従する。彼女から発言することは滅多にない。気配を殺して、私達の行動を傍観することが多かった。

時折、アンリは本当に姿を消すことがある。

それについて尋ねたところ、皇帝に経過報告を行っているそうだ。

国の最高責任者の直属で動いているので、実質的に使者のような立ち位置だろうか。アンリは相当に信頼されているようだ。

逆算的に考えると、私はそれだけの人材を遣わされるほどに注目されている。皇帝からしても、決して無視できない人物なのだ。

冷戦状態である王国に大打撃を与えたこともあり、可能ならば味方に引き込みたいのだろう。ただし、私の気を損ねないように慎重である。アンリを派遣することで、魔王討伐への助力をアピールしていた。

皇帝は、よほど私の力が欲しいようだ。

よくよく考えると、王国も隣国を意識して勇者召喚を行ったのかもしれない。国王も魔王に対抗できる戦力を求めていた。帝国を切り崩す手札を探していたに違いない。やはり異世界でもそういった面は変わらないのであった。

そうして移動を続けること数十日。先頭を進む私の後ろで、珍しくリアとアンリが話し合っていた。

「そういうことだ。分かったな？」

「はい。理解、しました」

リアが念入りに確認し、アンリがそれに頷く。

数度のやり取りを交わした末、何かを取り決めていた。聞き流していた私は内容を知らない。

気になった私は、リアに尋ねる。

「何を話していたんだ」

「小官が貴殿の一番弟子ということだ。万が一にも抜け駆けされては困るからなっ！」

リアは胸を張って答える。アンリはその様をぼんやりと見つめていた。

温度差のある二人を交互に見つつ、私は指摘する。

「アンリは任務の都合で同行しているだけだ。何も心配することはないだろう」

「それがそうとも限らないのだ。アンリ。先ほどの言葉を繰り返してくれ」

リアが促すと、アンリは表情を変えずに口を開いた。

「リ・ウェイロンには、憧れを抱いて、います。彼の強さは、任務で役立ちそう、です」

「ほら！　こんな発言があったのだ！　油断できないだろう」

リアは鼻息も荒くそう主張する。

そこまで気にすることではないと思うが、彼女からすると看過できない発言なのだろう。

私はアンリに問いかける。

「私の武術に関心があるのか」

「魔族や魔王を、素手で倒したと、聞きました。気になり、ます」

アンリは途切れ途切れになりながら答える。

私は、彼女の瞳に好奇心の色を認めた。

「武術を会得《えとく》したいのなら、可能な範囲で伝授しよう」

「ウェイロン殿っ!?」

「同行者が強くなれば、魔王討伐の成功率を上げられる。断る理由はない」

驚愕するリアに説明をする。

アンリは優れた能力の持ち主だ。最初に戦った際の身のこなしを見るに、武術を学ぶのに適している。

リアの訓練相手にもなるだろう。

アンリのスピードは良い鍛錬になり得る。互いの実力向上になるはずだ。

何より強さを求める姿勢に好感が持てた。

リアとはまた異なる輝きを秘めている。

私はアンリに告げる。

「道中、稽古を実施する。遠慮なく参加してくれ」

「ありがとう、ございます」

アンリは頭を下げる。

一見するとさしたる変化は見えない。しかし彼女の顔は、確かな喜びを覗かせていた。

◆

「行くぞォッ！」

全身鎧を纏うリアが突進を敢行する。

些かの躊躇いもないその勢いは、驚異的であった。怒り狂う猛獣にも匹敵する力強さだろう。

進行方向には身構えるアンリがいた。彼女は両手に短剣を持つ。

袖の揺れに合わせて、金属の擦れる音がした。鎖を隠し持っているのだろう。

そこにリアが跳びかかる。大上段から振り下ろしが繰り出された。

アンリは寸前で飛び退いて躱す。防御が不可能だと知っているのだ。

彼女の膂力では、魔術強化を扱うリアには敵わない。

振り下ろされた剣が眼前を通過した瞬間、アンリは動きを反転させた。

短剣を交差させて仕掛ける。回避から一転、攻撃後の隙を狙ったのであった。

「むんっ！」

唸るリアは、振り下ろしの動きから上体を捻る。

剣を持ったまま、彼女は肘撃へと移った。隙を突かれると予測して、さらなる動きへ発展させたのである。

「あっ……」

これにはアンリも驚く。

交差させた短剣で、鎧に包まれた肘撃を食い止めた。

激しい衝突音に合わせて、アンリの身体が吹き飛ぶ。

いや、正確にはわざと宙に浮いた。ああすることで叩き込まれた衝撃を逃がしたのだ。

地面を滑りながら着地したアンリは、割れた短剣を捨てる。

指先が僅かに震えるのは、衝突による痺れだろうか。

彼女は両腕を交互に振るう。

左右の袖から鎖が飛び出して、リアへと襲いかかった。

「甘い！」

リアは鎖を剣で弾きながら疾走した。変幻自在に襲いかかるそれらを、圧倒的な突進力でねじ伏せる。

彼女は瞬く間に距離を詰めて、一息にアンリを引き倒した。

その細い首に刃を添える。

鎖を手放したアンリは、静かに両手を上げた。降参のポーズだ。

それを見たリアは立ち上がると、剣を鞘に戻して歓喜する。

「よし、これで二十二勝二十一敗だ！　小官が勝ち越したぞっ！」

「次は、必ず勝ち、ます」

アンリは脱力して述べる。涼しい顔だが、心なしか悔しそうだった。

落ち着いたところで、私は二人に声をかける。

焚火を囲んで、今の戦いの反省会を始めた。

丸太に座って食事をしつつ、私達はそれぞれの意見を共有する。この流れが最近の日課となっていた。

リアとアンリは、模擬戦闘を通した鍛練を習慣としている。互いに技を披露し、自らの改善点や課題を洗い出している。

一番の成果は、リアの方向性が定まったことだろうか。

彼女は魔術の全身鎧を活かした突進を繰り返し、そこに剣術と拳法を織り交ぜて使用する。相手の戦法を崩すような立ち回りを得意としていた。

力任せのように聞こえるが、実際は非常に高度なやり口である。

相手の動きを観察して予測し、それを上回る対応を取らねばならないからだ。

駆け引きの中で果敢に攻め立てて、いざという時は強烈な一撃を見舞う。まさに武術の髄とも言える戦法と言えよう。

私の模倣から始まり、アンリとの対決を経て独自の戦法を確立させたのだ。非常に良い傾向であった。

技にはさらに磨きがかかっている。

現在のリアは、出会った当初の何倍も強いだろう。

アンリも急速に成長を遂げている。

彼女の持ち味は、常人を遥かに超える速度だろう。

暗器《あんき》による多種多様な攻撃と手数の多さも強みである。ナイフの投擲や、鎖の振り回しがあるため、間合いが自在だった。

近接戦闘も上々で、伝授した拳法をさっそく取り込んでいる。やや足りない膂力を、さらなる技術でカバーしていた。

暗殺者の技能を活かした隠密攻撃も無視できない。

戦闘中に気配を殺して、死角から急所を狙ってくる。

私も似たような芸当は可能だが、彼女のそれは実戦によって限りなく洗練されていた。真正面から殺戮する私とはまるで違う。

正統派とも言える暗殺者であった。

二人は対照的な能力を持ち、だからこそ刺激になる。

毎日のように模擬戦を実施しており、実力はほぼ互角だった。勝率にも大差はない。

短所を潰すと言うより、長所をより伸ばす方針にしている。二人の場合はそれでいい。

弱点ばかりを気にしていては、器用貧乏になる恐れがあった。それでは彼女達の才能を潰しかねない。

師という役割を請け負《う》った以上、真剣に導いていくつもりである。

二人の鍛練を手伝う傍ら、私も魔力操作について学んでいた。

せっかく強大な魔力を蓄えられるのだ。気の訓練にもなるため、本格的に修練することにしたのである。

二人から貰った魔力で毎日のように練習している。

相手に打ち込むだけの操作でも、細かな工夫でいくらでも様変わりする。その辺りは武術と同じだった。

私もこの世界の法則に順応しつつある。

魔力という特殊なエネルギーも使いこなせるようになった。

枯れかけた心が、若返った肉体に近付いているのか、新しいことも前向きに取り入れることができている。

若者の奮闘を間近で見て、精神が奮起しているのかもしれない。

目的地である荒野もかなり近くなってきた。

そこには魔王を筆頭に数多くの強者が待っている。

勇者である私は、彼らと思う存分に死合うことができるだろう。

(なんと素晴らしいことか)

私はこの上ない幸福を噛み締める。

あれだけ求めていた日々は、異世界にあった。

武を極めし強者とも殺し合っている。

私に憧れる弟子もできた。

神には何度感謝しても足りないだろう。

◆

その後も鍛練続きの濃密な日々が続いた。

やがて帝国領土の国境付近にまでやってきた。そこから小国を挟んで荒野へと至るそうだ。

道のりを考えると、ほぼ最短距離で進行できている。

帝国の地理に詳しいアンリがいたおかげだろう。彼女の案内で、地図に載っていない裏道を採用することも多かった。

こういった知識は暗殺業で重宝するらしい。

私も一応は同業者のはずだが、細かいことは考えてこなかった。アンリのやり方は効率的で学ぶ点が多い。

道中、リアから本当に暗殺者だったのかと疑われてしまったが、それも仕方のない話だろう。


そして現在。

私達は、乾燥した地帯を月明かりを頼りに進んでいる。

今夜のうちに国境の関所に到着し、そこを抜けた所で野宿をする予定だった。

この辺りには村や街がない。一気に進むつもりである。

前情報によると、小国は全体的に治安が悪いらしい。

絶えず魔王軍と戦っている影響か、どこもかしこも殺伐としているそうだ。散発的ながら反乱もあるという。

巻き込まれると面倒なので、荒野まで迅速に向かいたいと思う。

魔族関連なら解決も視野に入るが、人間同士の争いを止める義理まではない。

「む」

今後について考えて歩く私は、ふと足を止めた。

風に乗って血の臭いが漂ってきたのだ。

ちょうど進行方向――遥か先にある関所からであった。

私は他の二人と顔を見合わせる。彼女達も不審そうな表情をしていた。血の臭いに気付いたようだ。

「ウェイロン殿……」

「ああ、分かっている」

私はリアに頷いて応じる。

今度はアンリが前に進み出て尋ねてきた。

「己が、偵察します、か？」

「ここは三人で向かった方がいい。何か嫌な予感がする」

迂回してもいいが、調査した方がいい気がする。放っておくと、碌なことにならないと思ったのだ。

もし脅威が潜んでいるのなら、予《あらかじ》め知っておいた方がいい。

私達は慎重に進み、時間をかけて関所に到着する。

そこには凄惨な光景が待っていた。

石造りの関所は半壊し、あちこちが血みどろだった。

無数の死体が転がっている。鎧を着ているので兵士だろう。いずれも頭部や胴体を潰されていた。

生存者はおらず、皆殺しである。

死体を調べていたリアは顔を顰めて述べる。

「何者かの襲撃を受けたようだ」

「ふむ……」

私は関所を見渡す。

惨《むご》たらしい有様だが、魔物の仕業ではない。死体の損壊は武器によるものだ。おそらくは巨大な鈍器で叩き潰されたのだ。

共通した傷跡ばかりなので、揃いの武器を持った集団が関所を襲撃したと考えるのが妥当だろう。

関所の戦力はたかが知れている。ある程度の数を集めれば、どうとでもなるはずだ。

しかし長年の直感は、別の推測を立てていた。

(一人の強者が、同じ武器で殺戮したのではないか?)

その時、瓦礫の陰から微かな殺気が滲む。

振り向くと同時に、大きな影が音もなく飛びかかってきた。

◆

大きな影は、一人の人間だった。

容姿の詳細を確かめるより先に、掲げられた武器に目を引かれる。

身の丈を超えるそれは、丸太状の鈍器であった。

あれで関所の兵士を皆殺しにしたのだろう。瞬時に理解した私は、接近する者の前に躍り出る。

「――二人とも下がれ」

間もなく鈍器が真上から振り下ろされた。

魔力は感じないので、特殊な効果はなさそうだ。すなわち正攻法で凌げるということである。

私は鈍器に手のひらを当てる。

触れた瞬間、手首の返しで軌道を曲げた。風圧が頭髪を乱す。

ところが鈍器は、強引に軌道を修正してきた。

受け流しを無視して、私の肩口を狙っている。

常人ならば空振るところだというのに、大した膂力と反応速度だった。

(仕方ない)

私は足首から爪先へと力を伝達させる。

前動作なしでの跳躍から、身を捻って鈍器を躱した。

衣服の端を切り裂かれながらも、鈍器の持ち主へ反撃の拳を打つ。

「うおぉっ！」

野太い声が上がった。

その人物は素早く身を引いて回避すると、後方へと跳んで距離を取る。

存外に身軽で、速度も申し分なかった。あのタイミングから避けられるとは驚きである。

私は相手の容姿を観察する。

強烈な笑みを湛えるのは、筋骨隆々の大男だった。

年齢は三十代後半ほどだろうか。髪は生えておらず、黒革のベストを素肌の上に羽織っている。

ズボンには返り血が染み込んでいた。

全身に細かな傷が付いているが、致命傷は一つもない。

両手で携えるのは、丸太状の破城槌《はじょうつい》であった。

本来は数人がかりで運用する代物だ。その名の通り、城門や城壁の破壊に用いられる兵器である。

それを大男は、白兵戦の個人武器に使っているようだ。

周囲の死体や直前の打撃を考えると、常軌を逸した膂力であった。

大男は顎を撫でつつ、嬉しそうに話しかけてくる。

「おお、あんたが勇者か。ただの優男に見えるが……只者《ただもの》じゃねぇな」

「誰だ」

「オレはシンラ・ハン。しがない僧侶さ」

大男はあっさりと名乗った。

穏やかにすら感じられる反応だが、異常な光で目を爛々《らんらん》と輝かせている。それは狂気に等しいだろう。

名乗りを聞いたリアが驚愕する。

「シンラ・ハンだと……ッ!?」

視線を前に向けたまま、私は背後のリアに尋ねる。

「知っているのか」

「王国所属の、騎士です。通称は、堕落僧……王国最強の男、と呼ばれて、います」

答えたのはアンリだった。

知らない男だが、王国の騎士ということはリアの元同僚だろうか。ただし、互いに親しい間柄ではなさそうだ。

(それにしても、王国最強とは……)

改めて私は、堕落僧シンラを見やる。

こうして対峙すると、王国最強も間違った評判でないと分かる。空間を軋ませるほどの覇気を放っていた。

シンラは禿げ頭に手を置くと、どこか皮肉の混ざった笑みで言う。

「所属と言っても、忠誠心はないがな。籍を置いておくだけで、国内では罪に問われないって言われたのさ。だから形ばかりの騎士様って奴だ」

「堕落僧……貴様は王国を放浪していたはずだ。なぜ帝国領土にいる？」

尋ねるリアは嫌悪感を滲ませている。それを隠そうともしていなかった。

何があったのかは定かではないが、よほど印象が悪いらしい。

対するシンラは軽薄な口調で応じる。

「王から勇者の始末を依頼されたんだ。国の威信に関わるからどうにか殺してくれ、ってな。情けない爺さんだぜ、まったく」

破城槌を持ったこの男は、王国からの刺客のようだ。私達を追って他国までやってきたらしい。

一連の話が本当ならば、かなり問題のある人物だった。ただ、戦闘能力は紛れもなく一級品である。

王国は手段を選べなくなり、最終手段として解き放ったのだ。

「あんたの動向は、密偵の奴らが全力で探ってくれた。おかげで先回りができたぜ。暇潰しに関所を潰しちまったが」

「王国の騎士が無許可で帝国領に踏み込むなど、国際問題に発展するぞ。冷戦の均衡を崩すつもりか！」

リアが鋭く批難する。

自分のことは棚に上げているが、彼女は既に騎士の身分を捨てている。厳密には王国所属ではなくなったので、大丈夫なのかもしれない。

リアの批難を受けても、シンラは平然と語る。

「今回の作戦は、表向きはオレ個人の暴走ってことになるそうだ。だから国同士の問題にはならねぇよ」

「貴様はそれでいいのか」

「ああ、興味ねぇさ。罪人として糾弾されることには慣れている」

シンラは鼻で笑う。

この男は罪悪感を覚えない性質のようだった。

リアと問答を交わしていたシンラの視線がずれて、真正面に立つ私に移る。

彼は獣を彷彿とさせる笑みを見せた。

刹那、歓喜に歪む口で言う。

「――それに、極上の獲物と殺り合えるんだ。細けぇことなんざ、放っておけばいいだろう」

◆

「………」

私は無言で拳を握る。

シンラは破城槌で肩を叩いていた。

気軽な動きだが、どれほどの膂力があれば可能なのか。

「ウェイロン殿……」

「ここは私がやる。離れていてくれ」

私は指示を出してリアとアンリを下がらせる。

この男は危険すぎる。共闘した場合、彼女達を守り切れない可能性が高かった。鍛錬を理由に戦わせるべきではない相手だろう。


（……いや、違う）


私は自らの心の内を覗く。

所詮《しょせん》それらは建前で、本心は別にある。

私は、この男との死合いを望んでいるのだ。

三人がかりではなく、一人で戦いたい。

猛烈な衝動が身を焦がす。

早い話が、独り占めをしたいのであった。

対峙しただけで分かる。堕落僧と呼ばれるこの男は、達人の域に達した強者だ。

言動から油断しているように見えるが、それすらも罠に違いない。生来の癖を、相手を誘い込むために利用しているようだった。

おそらくシンラは、魔族とも渡り合える実力を有している。

構えを取った私はシンラに告げる。

「来い」
「ははっ、いいじゃねぇか。さすがは異界の勇者だ、なァッ！」
シンラは言い終える前に跳びかかってきた。豪快ながらも俊敏だ。
破城槌を横殴りに振るってくる。
(絶妙な打ち込みだ)
その一撃は、単純に見えて避けづらい角度だった。意図的に調節したのだろう。
加えてシンラの怪力ならば、下手な防御など意味を為さない。
やはり狡猾《こうかつ》な男である。
選択を迫られた私は、肘撃による武器破壊を狙う。
回避も防御も不利になる以上、それが最適であった。そこから追撃にも繋げられる。
ところが破城槌は、紙一重で軌道を変えた。
すり抜けるように肘を躱すと、私の頭部を捉える角度に動く。
シンラの蕩《とろ》けるような笑み。
この不意打ちが本命だったらしい。
すぐさま私は前方へ跳んだ。
破城槌を眼下に収めながら躱すと、縦回転からシンラの顔面へと踵落としを繰り出す。
「おっとぉ！」
シンラは嬉しそうに仰け反って回避した。

さらに私の足首を掴み、瓦礫の山を目がけて投げ飛ばす。

私は回転して姿勢を制御しつつ、瓦礫に衝突する寸前に蹴りを打った。反動で建材を蹴り砕きながら勢いを相殺し、余裕を持ってその場に着地する。

振り向くと、シンラが突進してくるところだった。

(忙《せわ》しないな)

どうやら畳みかけて仕留めるつもりのようだ。そこに技巧はないように思えるも、端々の挙動でこちらの虚を衝こうとしている。

決して油断ならない男であった。

私は足元の瓦礫に目を落とすと、それらを連続で蹴り飛ばしていく。

シンラは破城槌を盾にして接近してくる。

瓦礫の大半が防がれるも、一部は肩や脚に命中した。

しかし、シンラの動きは欠片も鈍らない。僅かに血が滲んだだけである。

皮膚が浅く切れたようだが、その下の筋肉は傷付いていない。

蹴り飛ばした瓦礫は、砲撃に匹敵する威力のはずだった。それにも拘わらず、シンラは突進を止めない。

魔術を使った気配はないので、生来の頑強さで耐えたのだろう。

破城槌の陰から、ぎらついた修羅の顔が覗く。

「……ッ」

刹那、全身の震えを知覚する。

恐怖ではない。

湧き上がるのは歓喜だった。

向けられる圧倒的な殺意が心地良い。

私は脳内から回避を放棄すると、その場で身構える。

間もなくシンラが、破城槌の間合いに私を収めた。

それと同時に猛速の打撃を放つ。

大上段からの振り下ろしに対し、私は真正面から蹴り上げで対抗した。

一瞬の拮抗《きっこう》を経て、辛《かろ》うじて押し返すことに成功する。

「ハ、ハハ……ッ！」

シンラの目が見開かれた。絶対の一撃を凌がれた驚きと、この上ない喜びが走る。

その硬直を逃さず、私は短いステップで距離を詰めた。

がら空きとなった胴体に正拳を打つ。

拳が鳩尾の芯を捉えた。捻《ねじ》り込むように突き込んで、そのまま一気に振り抜く。

響き渡る破裂音。

拡散された衝撃が地面に亀裂を放射し、足元が陥没する。渾身の一撃が入ったことを確信した。

拳を受けたシンラは、身体を少し折って吐血した――それだけだった。

口から血を垂らしながら、堕落僧は狂喜に浸った眼差しを発散する。

赤くなった歯を見せるシンラは、穏やかに言う。

「いいぞ。こんなに痛《いて》ぇのは初めてだ……」

私は反射的に飛び退こうとするも、肩を掴まれた。太い指が食い込んで、骨が悲鳴を上げる。

私を拘束するシンラは、片腕で破城槌を掲げていた。

(この男は不死身なのか？)

私は至近距離から掌底を打ち、一寸の狂いもなく正拳を打った箇所に重ねた。

肋骨を粉砕する感触が伝わるが、肩を掴む手は微塵も揺るがない。

次の瞬間、薙《な》ぎ払うような一撃が私の脇腹に直撃した。

◆

視界が激しく回転する。私は地面をぶつかりながら、関所の壁に激突した。

「ウェイロン殿ッ！」

リアの悲鳴が聞こえた。

続けて金属同士の衝突音が鳴り響く。

おそらくリアとアンリがシンラと戦い始めたのだろう。

(まったく、情けない)

私は自嘲する。

身体は瓦礫に埋もれて、何も見えない状態となっていた。

脇腹に激痛が走る。肋骨が何本か折れたらしい。

少し呼吸がしづらいが、慣れれば問題ないだろう。

私は両腕で瓦礫を退《ど》けて起き上がる。シンラに襲いかかったリアとアンリが、片手間に一蹴されるところだった。やはり二人がかりでも敵わない相手だったらしい。

堕落僧シンラは逸脱した強者であった。国内最強の評判は伊達ではない。勇者など召喚せずとも、王国の戦力はシンラ一人で十分だろう。

ただし彼は、国王の命令に嫌々従っている節があった。

国内で罪に問われないことを交換条件に刺客となったと話し、忠誠心はないとも断言している。

このことから、堕落僧は制御下にない最終兵器だと思われた。

どうしても力を借りたい時、なんらかの条件を提示して働かせているに違いない。一連の言動や戦い方から察していたが、相当な曲者のようだ。

私は血を吐き捨てて、破城槌で打たれた箇所に触れた。

それなりに重傷であるものの、動きに支障はなさそうだ。吹き飛ばされる寸前、肩を掴むシンラの手を振り払えたのが良かった。

破城槌の打撃に対して、全身を使った受け流しを使えたのだ。おかげで被害を最小限に留めることができた。

完全ではなかったので負傷はしたものの、それは向こうも同じである。

シンラは平然としているが、私の一撃で体内を掻き乱されている。姿勢が傾いたままになっているのは、負傷箇所を庇《かば》っている証拠だ。受けた傷を考えると、私より遥かに重傷だろう。一見すると大したことがないようだが、並外れた精神力で耐えているだけであった。

（あの状態では、長くは戦えない）

体内が傷付いているので、姿勢も制限されている。

腐毒の魔王のように再生能力があるわけでもなさそうだった。

無理をして戦い続ければ、命を落とすことになる。本人もそれは理解しているはずだ。

故にシンラは短期決戦に持ち込もうとする。

私の一撃でも揺るがないほどの強さを持つため、特に反撃に注意しなければならない。今の私でも、破城槌を何度も食らえば危険だった。

シンラは深呼吸をしていた。

青黒い痣のできた鳩尾を撫でている。

リアとアンリは少し離れた所に倒れていた。

二人とも負傷して気を失っている。ただし、死んではいない。抵抗できずに吹き飛ばされことが、逆に命を救ったようだ。

本来ならシンラの追撃で殺されているところが、それ以上は手出ししない。さすがの彼も、私が近くにいる場面で隙を晒したくないらしかった。

シンラは気楽そうな佇まいだが、意識は常に私を捉えている。瓦礫に埋まった時からそうだった。

最大限の警戒を払っている。

深呼吸を止めたシンラは、朗らかに手を上げた。

「よう。さすがに一発じゃ殺れねぇか」

「同じ台詞を返したい気分だ」

「いやいや。こっちは痩《や》せ我慢さ。痛くて泣き喚きたいくらいだぜ、まったく」

シンラは苦笑気味に肩をすくめる。

今のは若干の本音も含んでいるようだった。皮肉混じりの笑みは、心なしか疲れている。

（これ以上の無駄話は不要だ。二人を治療せねば）

直立した私は右腕を後ろに回す。左手は顔の前で伸ばし、甲をシンラに向けた。

その姿勢で止まると、静かに告げる。

「全力でかかってこい。私はそれを凌駕しよう」

「……ヒャハッ！」

返ってきたのは、獣じみた歓声だった。

狂喜の笑みを湛えたシンラが突進してくる。防御を考えず、私を叩き殺すことに専念していた。

シンラが一気に距離を詰めて、破城槌を突き出してくる。

空気を抉るような一撃だった。

（少し、試してみるか）

私は前に出した手に魔力を込め、迫る破城槌に添えて、軌道を脇へと逸らす。

破城槌は私が触れた箇所から腐蝕していった。

表面を発端に変色して朽ちていく。

腐蝕の波は、瞬く間に持ち手へと進んだ。

シンラは破城槌を引き戻さずに手放した。同時に殴りかかってくる。得意武器を失ったにも拘わらず、動揺は見られなかった。

「ハ、ハハァッ！」

しかし、素手同士となれば私に分がある。格闘戦において負ける気はしなかった。

シンラの拳に手の甲を当てて受け流す。

シンラは目にも留まらぬ速さで連打を繰り出してくる。意表を突くように足技も挟まれる。

私はそれらのすべてを的確に凌いでいった。

その中で反撃を打ってシンラを傷付ける。膝を蹴り砕き、鎖骨を手刀で割り、喉を切り裂いた。

シンラは一度も躱さない。

血だらけの満身創痍《そうい》になるが、その分だけ攻撃が加速した。受けた傷を倍返しするかの如く、猛攻を繰り返す。

「――ゴアアアァァッ！」

シンラが咆哮を轟かせて私の首に手を伸ばす。

その手を掴んで止めた。力任せに押し込まれるも、私は決して放さない。後ろ向きに地面を滑りながらも、シンラの目を見る。

もはや素顔が分からないほどに血で染まった堕落僧は、もう一方の拳を振りかぶった。そして、叩き潰すように振るってくる。

私は半身になってブレーキをかけた。

さらに事前にリアから受けていた魔力を全身に浸透させる。瞬間的な身体強化が施されたのを確かめてから、下から打ち上げるように掌底を打つ。

殴打を弾かれて、シンラの腕が頭上まで浮き上がった。

そこからさらに構造的にありえない角度まで回る。筋肉が断裂し、骨の砕ける音が鳴った。

シンラの屈強な腕は、一回転した末に千切れ飛んだ。

宙を舞い、音を立てて地面に落ちる。

「……あ？」

シンラは呆然と片腕を眺める。

断面から血が噴出し、割れた骨が覗いている。それでも間の抜けた顔をしていた。

掴んだままの手を捻ると、シンラは前のめりとなった。

あまりに隙だらけな挙動だが、今度こそ演技ではなかった。

私とシンラの視線が交わる。血走った両目には、歓喜と憎悪と恐怖と驚嘆と憧憬が絡み合っていた。

そこに私は、全力の拳を叩き込んだ。

シンラが吹っ飛んで地面に衝突する。

瓦礫を蹴散らしながら転がり、かなりの距離を進んだところで止まった。

血を撒き散らしたシンラは起き上がってこない。遠目にそれを眺める私は息を吐く。

（なんとか成功したな……）

絶大な効果を発揮した身体強化だが、鍛練中は失敗することもあった。土壇場で機能してくれて良かった。急激に上がった打撃の威力に、さすがのシンラも反応できなかったようだ。

身体強化はまだ瞬間的にしか発動できない。

魔力を外部からの供給に頼る私は、そもそも常時使用に向かないだろう。強化の具合によっては、自らの動きを阻害しかねない危険性もある。精密動作を要する拳法とは噛み合わない。

過信してはいけない力だが、それも私次第であった。

感覚を馴染ませれば、効率良く使えるはずだ。

シンラほどの男の腕を一撃で千切り飛ばすほどの効力を持つ。対魔王を想定した秘策の一つとして、自在に操れるようにしておきたい。

魔力を体内に戻した私は、シンラの状態をよく観察する。

彼の顔面の右半分は陥没して、片目が潰れていた。

千切れた片腕の断面は、出血が緩やかになっている。もう流すだけの血が残っていないのだ。

シンラは静かに呼吸をしていた。時折、吐血するもまだ生きている。驚異的な生命力であった。

先ほどの一撃で殺せたと思ったのだが、なんとか踏み留まったようだ。

私が歩み寄ると、シンラは薄く目を開いた。血に染まった瞳がこちらを向く。

「……、……っ」

裂けた唇が、何か言う。

肝心の内容は聞き取れなかった。しかし、口角が僅かに上がっている。

シンラは、笑っていた。

半死半生の身でこれから殺されるというのに、穏やかな表情だった。

（――見事だ）

私は手刀を掲げる。

堕落僧は癖の強い男だ。英雄と呼ぶに値する隔絶した力を持ちながらも、無法者として振る舞っている。

決して善性のある人間とは言えない。

ただし、戦いに対する根源的な感情については共感できるものがあった。シンラは私と同類なのだ。全力で殺し合う機会を求めていた。飢えや渇きを抱えて生きてきた。

そのような彼が、なぜ魔王に挑まないのか。

偏屈《へんくつ》な性格をしているので、本人なりのこだわりがあったのだろう。国王の命令にさえも素直に従わない男だ。

万が一にも魔王を倒した場合、英雄視されるのが嫌だったのかもしれない。

何はともあれ、堕落僧シンラは素晴らしい死合いをさせてくれた。彼の強烈な強さは私の記憶に刻み込まれた。

決して忘れることはないだろう。
胸中に感謝の念を抱きながら、私は手刀を下ろそうとする。

その時、関所跡から火球が飛来した。

私は手刀で切り裂いて防ぐ。
(無粋な……)
手を下ろして、火球の飛んできた先を見やる。
瓦礫を踏み越えて現れたのは、数百もの異形の集団だった。

第五章

異形の集団は様々な種族で構成されていた。揃って邪悪な気配を纏っている。

こちらを眺める彼らは嗜虐《しぎゃく》的な色を隠そうとしない。

（魔王軍か）

私はすぐに確信する。

これだけの人数で悪意と殺気も充満させている。

姿を見せるまで察知できなかったのは、おそらく魔術の仕業だろう。

隠密系統の術なら、もっと早い段階で看破できたはずなので、転移魔術による接近に違いない。

リアから聞いたことがある。転移魔術とは、指定した座標に一瞬で移動する能力だ。

高等魔術に分類されるそれで、これだけの数を運んだものと思われる。向こうには、かなりの使い手がいるようだ。

考察を進めていると、魔王軍の最前列に異変が起こった。

空間が歪んで裂け目ができる。裂け目の先に、荒野のような風景が見えた。

そこから一人の老人が現れる。

老人は細身の長身で、燕尾服に身を包んでいた。

白髪を後ろに撫で付けており、片眼鏡を着けている。糸目とあるかないかの微笑が物静かな印象を与える。皺の多い手には、古めかしいステッキが握られていた。

全体的に穏やかな佇まいであった。

紳士然とした老人だが、研ぎ澄まされた殺気を発している。この場を埋め尽くさんばかりの魔力を内包していた。配下の魔族達は、この老人が転移させたのだろう。

老人は私を見て口を開く。

「異界の勇者ですね」

「そうだ」

私が肯定すると、老人は優雅に一礼した。

「わたくしは、レノルド・ヴィン・シヴィレイア。魔王陛下の執事を務めております。残り短い人生ですが、是非お見知りおきを」

燕尾服の男――レノルドは、魔王軍の中でも幹部に相当するらしい。役職を聞かずとも、対峙しただけで分かった。

彼は圧倒的な闘気を帯びている。それは槍使いアブロをも凌駕するだろう。

私は前に進み出て、レノルドに確認をする。

「私達の抹殺に来たのか」

「あの堕落僧と勇者が衝突したと聞けば、駆け付けるしかありません。勝敗はどうであれ、互いに消耗するのは確実ですから」

レノルドは慇懃《いんぎん》な口調で答えた。

方法は定かではないが、私とシンラの交戦を知って到来したようだ。

どちらも魔王軍にとっては無視できない存在である。両者を屠る絶好の機会と見て、このタイミングで登場したらしい。

まったく合理的であった。状況を上手く利用されてしまった。魔王軍は、漁夫の利を取りに来たのだ。

「今後の侵略を考えると、今のうちに不確定要素を消し去りたいのですよ。我々はすぐに戻らねばなりません。大人しく死になさい」

「断る。我々にも魔王討伐という使命がある」

私がそう返すと、レノルドの笑みが凍り付く。

配下の魔族達に怯えが走る。

間もなくレノルドの糸目が、ゆっくりと開かれた。血のように赤い瞳と、口から牙が覗いた。背中に黒い影のような羽を幻視する。

豹変したレノルドの姿は、吸血鬼を彷彿とさせた。

舌打ちしたレノルドは、乱暴に髪を掻く。彼は抑え込んでいた殺意を暴風のように発散していた。

「――人間風情が生意気を。あろうことか、陛下を倒すなどと戯れ言を口にするとは。許せぬ。絶対に許せぬぞ。ここで貴様らは殺す」

「ハ、ハハッ、やって、みろ……よ……」

背後で掠れた笑い声がした。

私は思わず振り返る。

血みどろのシンラが起き上がるところだった。

（この状態でまだ立てるのか……）

私は驚嘆する。

確かにまだ止めは刺していなかったが、起き上がれるような傷ではなかった。

背筋を伸ばしたシンラは、失った腕の断面を掴んで握り潰す。そうすることで傷口を強引に塞いだ。

彼は顔を撫でて血を拭い取り、折れた歯を吐き捨てて話しかけてくる。

「よう、ちょいと、共闘しよう、ぜ……あのクソ爺《じじい》を殺すまで、だが……」

シンラの提案は意外なものだった。どう動くか読めない男だが、まさか共闘を申し出るとは。

こちらを騙しているような様子はない。

皮肉った笑みを浮かべるシンラは、無事な片目に煮えたぎった激情を湛えていた。

堕落僧は、戦いを邪魔されて怒り狂っている。今にも飛びかかりそうな剣幕で、魔王軍を睨み付けていた。

不意にシンラがよろめく。

彼は口から血を垂らしながら私にぶつかる。

その拍子に、小声の早口であることを伝えてきた。

一瞬、視線が交わる。
シンラは意地の悪い顔をしていた。
私は反応を示さずに視線を前に戻す。胸中では呆れに近い感情を抱いていた。
(まったく、どこまでも油断ならない男だ)
シンラはしたたかな性格をしている。
敵対するとこの上なく厄介だ。今は状況が状況なので、共闘するのが正しいだろう。
一方、視界の端ではリアとアンリが立ち上がっていた。
「ウェイロン殿、小官達もまだ戦える」
「任せて、ください」
二人も戦う気らしい。
シンラとの戦いで負傷したものの、連携すれば十分な立ち回りが可能なはずだ。
日頃から鍛錬を重ねている二人である。息を合わせるのは簡単だった。
レノルドは元の糸目と微笑に戻っていた。
しかしよく見ると、頬が痙攣している。
憤怒《ふんぬ》を耐えているのだ。
彼は片眼鏡の位置を直すと、私達に向けて宣告する。
「……いいでしょう。まとめて殺して差し上げます」
レノルドがステッキで地面を小突く。

硬いその音を合図に、後続の魔王軍が襲いかかってきた。

◆

左右から魔族が雪崩れ込んでくる。

振りかざされる数多の武器が魔力を帯びていた。私の肉体を容易に切り裂く力を有しているだろう。

無論、それは当たればの話だった。

力任せに突撃してくる者達に負けるほど、柔《やわ》な鍛え方はしていない。

私は両拳を魔族に打ち当てて、そこから気功術で衝撃を拡散して伝える。練り込まれた力が魔族を破裂させた。

打撃の破壊力は膨れ上がりながら他の魔族へ伝染し、一瞬にして数百キロの肉塊へと変える。

被害を潜り抜けてきた魔族は手刀で解体し、或いは蹴りで粉砕した。

どちらにしても、彼らの攻撃が届くことはない。

その時、背後に殺気を感じた。

私は振り向きざまに裏拳を繰り出す。

受け止めたのは一本のステッキだった。構えるのはレノルドだ。赤い瞳が絶対零度の視線を向けてくる。

レノルドは燕尾服を揺らしながら高速移動し、流れるように蹴りを放ってきた。

それを頭上に受け流しつつ、私は視線を巡らせて周囲の状況を確認する。

思わぬ乱入から戦闘が始まって暫《しば》し。

そこかしこに魔族の死体が散乱していた。

いずれも私達が屠ったものである。

「キアッハアァァッ！」

凄まじい声を上げるシンラが魔族を殴り殺していた。

彼は片腕を振り回して無双し、倒れた魔族の頭部を踏み割る。

狂喜の笑みを浮かべるシンラは、依然として満身創痍だ。回復手段を持たないのだろう。

片目まで潰れているにも拘わらず、しかしその動きは加速し続けていた。

私と戦っていた時よりも数割増しで速い。極限状態が底力を引き出しているようだった。

出血と返り血で赤黒く染まった堕落僧は、鬼神の如き暴れぶりを見せている。

殺到する魔族は、憐れな獲物と化していた。

少し離れた所では、リアとアンリが見事な連携を披露している。彼女達は迫る魔族を順調に打ち倒していた。

全身鎧を纏うリアが豪快な突進から剣の一閃を放つ。魔力を伴う斬撃が突破口をこじ開けた。

そこに進み出たアンリが、両袖から出した鎖を魔族の只中に進ませる。彼女の振り抜く動作に合わせて、鎖で魔族が切断されていった。

鎖は仄かに白い光を帯びている。なんらかの魔術で、魔族に対する特殊効果を付与しているようだ。

そこにリアが再び突進を敢行して、魔族を打ち払いながら前進する。

死角からの攻撃も完璧に回避できていた。まるで数十の目を持っているかのような立ち回りだ。

奥の手である先読みの魔眼を発動しているのだろう。常に最適解を選ぶことで、数の不利を覆しているのだ。

消耗が少し気になるものの、当分は私が加勢せずとも大丈夫だろう。

思わぬ形で鍛錬の成果が役立ったようだ。

(他人のことを気にしている場合ではないな……)

私は視線を戻す。

現在、正面に陣取るレノルドは、ステッキによる刺突を繰り返していた。目にも留まらぬスピードだ。

さらに魔術を使っているらしく、一撃ごとに雷撃を打ち込んでくる。

私は打撃の連打で対抗していた。

雷撃は拳で相殺する。接触面が少し痺れるも、支障の出ない範囲だった。

私とレノルドによる高速の打ち合いは、徐々に加速していく。互いにその場を動かず、ひたすら攻撃に終始した。

当初は余裕の表情だったレノルドであったが、だんだんと顔を曇らせる。

「……ッ」

私の反撃がレノルドの頬を掠めた。

ステッキで弾くのが一瞬でも遅ければ、顔面を抉っていただろう。

レノルドは明らかに苛立っていた。

彼は牙を見せて舌打ちすると、口を大きく開く。そこから半透明の短剣が飛び出してきた。

私は短剣を掴んで投げ返す。

レノルドはステッキでそれを払い飛ばすと、すくい上げるように顎を狙ってくる。

「甘い」

私は片手を割り込ませて、ステッキの先端を掴む。

指先に微量の魔力を流すことで、流し込まれた雷撃を押し留める。続けて掴んだステッキを引き寄せながら、レノルドの顔面を肘撃を打った。

「ガ、グァ……!?」

レノルドが大きく仰け反った。

片眼鏡が破損して落下する。

本来なら即死する程度の威力だったが、彼はまだ生きていた。

潰れた顔面を晒すレノルドは、牙を剥き出しにして掴みかかってくる。私はそこに蹴りを浴びせた。

レノルドが魔族を薙ぎ倒しながら吹き飛ぶ。

途中で背中から羽を出して回転すると、羽を動かすことで空中へ逃げた。

私の蹴りで胴体に穴が開いている。そこから血を流しながら、レノルドは忌々《いまいま》しそうに顔を歪める。

「ただの、人間如きに増援を呼ぶのは癪《しゃく》だが、仕方あるまい……」

レノルドは横に手をかざす。

空間に裂け目ができて、その向こうに荒野が見えた。あそこから追加の魔族を呼び寄せるつもりなのだろう。

私はレノルドの行動に満足する。


（狙い通りにいったな）


追い詰めることで、レノルドは必ず増援を呼ぼうとする。シンラの言った通りだった。

そして増援は、必ず空間の裂け目から転移してくる。

魔族の待機場所とは、すなわち彼らの本拠地である荒野だ。つまり裂け目に飛び込めば、一気に魔王のもとへ移動できる。

これこそが私の狙いであった。

レノルドを追い詰めて、近道を出現させる。それを奪って魔王に奇襲を仕掛けるつもりだったのだ。シンラはよろめいた際にこれを私に推奨した。

彼がどういった目的でアドバイスしてきたのかは定かではない。
もしかすると、決闘を台無しにした魔王軍への意趣返しのつもりなのかもしれない。
何はともあれ最大の好機には違いなかった。
(――――今だ)
裂け目が大きくなったのを見計らって、私は跳躍した。
驚愕したレノルドがステッキを振るってくるも、それを躱しながら彼を蹴り飛ばす。
両手に魔力を通すと、閉じようとする裂け目に指をかけて強引に留めた。
裂け目は凄まじい力で動く。私の膂力では完全には抗えず、今にも塞がりそうだった。
これではリアやアンリを呼ぶ余裕はない。
(彼女達なら、きっと生き残れるはずだ)
そう結論付けた私は、裂け目から向こう側へと転がり込んだ。

◆

裂け目の先には闇が広がっていた。
視界がざらついていて、酷い耳鳴りがする。
奇妙な浮遊感は、まるで無重力の空間にいるかのようだった。
文句の一つでも言いたくなった頃、急にそれらの感覚が終わる。

なんとか着地したのは、乾いた荒野だった。

目の前には魔族達が並んでいる。

見える範囲でも百は下るまい。上空から確かめれば、その数倍に迫るだろう。

増援の魔王軍である。

ここで待機して、レノルドから呼ばれるのを待っていたのだ。展開として予想していたとは言え、なかなかに衝撃的な光景であった。

しかし、魔族達の反応は私以上だった。

突然の襲来に気付くと、彼らは大声を上げて襲いかかってくる。

こちらの正体には気付いていないようだが、敵ということは認識したのだろう。その切り替えの早さは評価に値する。

（もっとも、手遅れだが）

私は最寄りの数体に拳の連打を見舞った。

破裂音を伴って魔族が爆散する。

魔術による防御を試みる者もいたが関係なかった。

突き通すように打撃を加えれば等しく仕留められる。

続けざまの震脚が大地を割り、深々と亀裂を作った。

亀裂は木の根のように大地を這って、谷のような溝を生み出す。

前方一帯を覆う溝に、足を取られた魔族はあえなく転落していった。反響する悲鳴はすぐに遠くなって途切れる。

素早く動ける者や飛行能力を持つ者は、慌てて溝から逃れた。彼らは地上に降りず、私の間合いに入ってこない。無論、それらは想定した反応である。

魔族を何度も殺害し、どういった行動を取るのかは予測できていた。賢明と言うより、無難な動きと評すべきだろうか。

私は溝を跳び越えながら、地上に残る者へと襲いかかる。

そして、間合いに収めた魔族から次々と抹殺する。些細な反撃をものともせず、攻撃速度と規模を拡大させていった。

(ああ、素晴らしい。これこそが戦いだ)

鮮血を浴びる私は、衝動を解放していた。

ただひたすらに暴力を振るい、魔族を蹂躙《じゅうりん》する。

迫る魔族は、全力で私を殺そうとする。

その感覚がどうにも堪らない。

心地良い気分に浸りながら、その命を刈り取っていく。

肉塊を踏み進んでいると、頭上で魔力が膨れ上がった。

見れば空中に逃げた者が詠唱を行っている。

間もなく魔術による爆撃が始まった。

豪雨のように降り注ぐ多種多様な術に対し、私は目視による回避を選ぶ。

どうしても避けられないものは、魔族を掴んで盾にした。

肉の盾を破壊されながらも、私は上空の魔族の数と位置を把握する。

そして時折、頭上の彼らに死体を蹴り飛ばしてぶつけた。

落下してきたところに拳か蹴りを浴びせて屠る。

魔族達は一向に逃げようとしない。

こちらがたった一人ということもあり、勝利を信じて疑わないのだろう。仲間を犠牲にしてでも殺すつもりらしい。

(――上等だ)

決心した私は動きを倍速させる。

こちらとしても、逃亡されないのはありがたい。追う手間が省けるからだ。

どこもかしこも獲物だらけで、まったく飽きることがなかった。

これほど素晴らしい状況も珍しい。

殺意を全開にした私は、酔い痴れたように殺戮を繰り広げていく。

◆

血みどろの大地に無数の死骸が散乱していた。いずれも魔族のものだ。

千切れた四肢や破れた臓腑、潰れた生首などが転がっている。

一部の肉が跳ねながら、他の肉と結合しようとしていた。

しかし、密着したそばから崩れる。再生能力の限界が訪れているのだろう。肉片はやがて動かなくなる。

死骸の中央に立つ私は、頬の返り血を拭おうとして止める。

両手のみならず、全身が血塗れだった。拭っても血を引き伸ばすだけである。

両手を上下させて、血を軽く振り払うに留めておく。

なんとも不快な感覚だが、どうすることもできない。辺りにあるのは肉塊ばかりで、身体は洗えそうになかった。

滴る血を一瞥して、私は嘆息する。

(随分と殺したな……)

ここに待機していた魔族は殲滅した。それなりに時間はかかったが、大きな怪我はしていない。

僅かな掠り傷も持ち前の治癒力で消えていた。

体力的な面も気にするほどの消耗ではない。

魔族の軍勢は、優れた膂力と特殊能力を武器に挑んできた。

確かにそれらは脅威となり得るが、彼らはそれだけが取り柄だった。

槍使いアブロや執事レノルドのように、武芸を磨いている者は少数派だったのである。

力任せに暴れる者達の対処は楽だ。ほとんど魔力を使わずに排除できる。

それどころか、彼らの魔力を強奪することで、身体強化を連続使用できる程度の量を確保した。

これは嬉しい誤算であった。

私は返り血を払いながら歩を進める。向かう先は既に決まっている。

遥か前方にある漆黒の城だ。

立体感が薄く、幻のような佇まいであった。魔術で成立する建築物なのかもしれない。

城からは邪悪な気配が漂っていた。

黒い靄《もや》となって目視できるほどの魔力が充満している。

かなり離れているにも拘わらず、呼吸に不快感を覚えた。

あそこが魔王の居城だろう。

戦いの最中、魔族が飛び出してくるのを何度も目撃した。

今は静かに存在しているのみだが、奥に強烈な魔力反応を感じる。

(魔王はきっとあの城の中にいる)

直感的に理解した私は、奥歯を噛み締める。

魔族の軍勢など所詮は前座に過ぎない。

ここからが本番であった。気を引き締めていかねばならない。

踏み出そうとしたその時、城の正面扉が開き始めた。

私は即座に足を止める。

黒い靄の魔力がさらに濃くなった。

ゆっくりと開いた扉から一人の魔族が現れる。

私は目を凝らして容姿を確かめる。

その魔族は背の高い女だった。

赤と黒のドレスは、遠目にも分かるほどに鮮やかだ。まるで溶岩のような色合いで、煌々《こうこう》と揺らめいている。

やや長めの赤髪は、胸の辺りまであった。

顔は鉄仮面で覆われており、表情は窺い知れない。手には黒い弓が握られていた。

濃密な魔力が込められているようだ。特殊な力があるかもしれないため、気を付けた方がいい。

他に武器の類は持っていないように見えた。

（これ、は……）

鉄仮面の女は、尋常ならざる覇気を発していた。

一見すると自然体だが、空気を軋ませるような力強さを帯びている。

小心者は、その姿を見るだけで心臓が止まりかねないだろう。

命を奪い合ってきた者の風格を、余すことなく放出していた。

私は両の拳を握り込む。

意識を鉄仮面の女に集中させて足腰に力を送る。
散乱する死骸や、むせ返るような血の臭いは気にならなくなった。
いつでも動けるように神経を研ぎ澄ます。
微かに震えているのは、喜びだ。
鉄仮面の女は強者である。
紛れもなく一つの道を極めし者だった。
この世界で死合ってきた者達と同等——否、それ以上だ。
私が見てきた中で、間違いなく最強である。
一瞬の油断が死に直結する。
それを悟る私は、しかし喜びが抑え切れなかった。
(次から次へと強者と出会える。まったく、本当に素晴らしいな)
何十年もの失望と葛藤が、払拭《ふっしょく》されていく。
私の人生は、きっと異世界のためにあったのだろう。
そう思わせるほどの経験が連続している。
もっとも、舞い上がってばかりではいけない。
爆発寸前の内心を表に出さず、私は話しかける。

「魔王だな」

「そなたが勇者か」

抑揚《よくよう》に乏《とぼ》しい声音だった。

私の問いを否定する様子はない。彼女が荒野の魔王で間違いないようだ。纏う気配が何よりの証拠である。

魔王は静かに弓を持ち上げた。

引き絞るような動作に合わせて、魔術で生成された矢が番《つが》えられる。

ただの矢では到底届かない距離だが、魔王にとっては射程圏内なのだろう。洗練された構えがそれを主張している。

彼女は冷たい声で告げる。

「構えろ。我らに会話は不要。殺し合うだけだ」

「待て。一つだけ訊きたいことがある」

「なんだ」

「なぜ世界を滅ぼそうとする。侵略の果てに何を望むのだ」

それは前々から気になっていたことだった。

私は神から魔王の概要を聞いているが、詳しい内容は教えられていない。

腐毒の魔王とは異なり、荒野の魔王は理性を保っているので、凶行に走る動機を訊いておきたかった。

もちろん彼女と戦うことに変わりはない。
魔王と勇者は、相容れない関係である。
そこまで理解した上で、彼女の真意を知りたかった。
魔王は弓を構えた姿勢で沈黙する。
私の考えを見極めようとしているのか。
やがて彼女は口を開く。

「――醜き人類共から魔族を存続させるため。魔王になった身で願うのは、それだけだ」

答えを述べた魔王は、躊躇いなく矢を放った。

◆

飛来する魔術の矢は、一般的な矢とは比較にならない速さで迫る。
私の胴体を狙って飛び込んできたそれを、手刀で受け流した。
鏃《やじり》が耳を掠めて微かな痛みが走る。
皮膚が切れたようだが、気にするほどではない。
次に私は、矢を受け流した手を見る。

小指の根元が浅く切れて、血が流れ出していた。

すぐに治癒されて傷は塞がるも、決して無視できない結果である。

(完璧に受け流せたというのに負傷したか)

常軌を逸した威力だった。さすが魔王と評すべきだろうか。

これまでの経験から考えるに、総合的な破壊力は対物ライフルを超えているに違いない。それを牽制に近い感覚で放ってきたのだ。驚異的と言わざるを得なかった。

顔を上げた時、魔王が次の矢を射《う》つところだった。

放たれた矢は三本に分裂して私へと飛んでくる。

微妙に軌道がずれているのは、同時に三カ所を攻撃するためだろう。確実に命中させることを重視したやり方であった。

私は真横へ跳躍して、射線から逃れる。


あの矢は不味い。


今まで見てきた魔術の中でも、圧倒的な破壊力を誇っていた。

射程や速度も申し分ない。

何度も食らうべきではないだろう。

直進してきた三本の矢だったが、突如として軌道を変更した。

無理な角度で曲がって私を追尾してくる。

まるで生きているかのような急旋回だ。

（――そう来たか）

私は両手を前に運んで一本目の矢を叩く。

それを二本目に当てて、まとめて地面に落とした。

三本目はもう一方の手で振り払う。

触れる際、指先に魔力を込めて矢を粉砕した。

迸る光と共に衝撃が走るも、傷は増えていない。魔力で保護すれば被害を軽減できるようだ。

私は息を吐いて気を整える。

全身の力を循環させて、最適な形へと移行していく。

遠方に立つ魔王は、同じ姿勢で矢を放った。

今度は八本に分裂すると、それぞれが変幻自在の軌道を描きながら私に殺到する。

（……忙しないな）

胸中で呟きながら疾走を始める。向かう先はもちろん魔王のもとだ。

遠距離戦はあまりにも不利である。

このままだと防戦一方に陥り、やがて射殺《いころ》される。距離を詰めなければならない。

見る限り魔王の武器は弓のみだ。

魔術は使えるようだが、それも遠距離攻撃に用いている。

それに加えて、先ほどから私を近付けさせないように立ち回っていた。

（近接戦闘が不得手なのではないか？）

閃いた推測に確証はない。

たとえ魔王が近接戦闘を得意としていても、どのみち接近する必要があった。

技の届く間合いならば、互角以上の戦いに持ち込める。

大地を駆ける私に八本の矢が襲来する。

それぞれの速度が異なり、角度が調整されていた。意図的に回避や防御を難しくさせている。

魔王の弓術《きゅうじゅつ》に感心しつつ、私は迷わず直進していった。

大地を蹴って際限なく加速し、追尾してくる矢を両手で打ち落とす。

どうしても躱せない分は、軽傷に留められるように当たった。

手足や脇腹に掠めた傷が増えて、僅かに血が滲む。

もっとも、気にするほどではない。

体内に蓄えた大量の魔力が高速再生を促していた。

身体強化の副産物である。致命傷でない限り、無視できる状態だった。

高速の矢を捌くうちに、七本目が顔面に飛んでくる。

首を傾けると、頬と耳が抉られた。

熱い痛みに呻く間もなく、八本目の矢が迫る。

私は掌底で弾きながら加速した。

魔王との距離はかなり縮まっている。まだその姿は小さいものの、確実な成果だった。

この調子が続くのなら一気に接近できる。

それを察しているであろう魔王に焦りは見られない。

今度は弓を斜めに構えると、彼女は上空に向かって魔術の矢を連射し始めた。

放たれた矢が数十本に分裂した。

分裂した矢がさらに分裂を繰り返す。必殺の一撃は、雨のような密度で降り注いできた。

私は構わず疾走し続ける。足を止めた瞬間、反撃の機会は永遠に失われるからだ。

矢の雨は私の肉体など容易に引き裂くだろう。

この勢いで走り切らねばならない。

私は全身に魔力を巡らせて、体表を覆い尽くすように放出した。

その形状を維持しつつ、落下してくる矢の雨に合わせて両腕を振るう。

数千とも数万ともつかない矢を打ち砕きながら突き進んでいく。

放出する魔力が矢を受け止めた。

ほんの僅かに速度が緩和したところで防御する。

これだけの密度だと回避は不可能に近い。小細工は通用しないため、正攻法で突破するしかなかった。

もちろん無傷とはいかない。

矢の雨は死角で軌道を曲げる。

さらには地面に刺さったものが、唐突に反射して飛んでくる。
無駄な矢はただの一本として存在せず、すべてが私を殺すために放たれていた。

矢の雨の向こうに魔王が見える。
彼女は最初の位置から動かず、ひたすら弓を操っていた。
矢の雨を追加で飛ばしつつ、たまに弓を下ろして直線軌道で私を狙ってくる。
追尾も分裂もしないその一射は、段違いに高威力であった。
全力で防御しなければ余波で死にかねない。
私は両腕を傷付けながらも後方へと受け流す。
その間も頭上から容赦なく矢が降ってきた。
私は長年の経験と直感に従って回避と防御を織り交ぜる。
全身各所を穿たれながらもやり過ごして、ひたすら前進し続けた。
鋭い痛みすらも一歩を進める活力に変換する。
鮮血で染まる視界。
気付けば私は、獣のように咆哮を轟かせていた。
地を這うように駆けて、己の力を存分まで誇示する。
それから一体どれだけの時間が経ったのか。
魔王は、もう目の前にいた。

あと十歩の距離だ。

しかし、その十歩がどうしようもなく遠い。

この距離にもなると、魔王は矢の雨を止めていた。

弓を直接こちらに向けて、超絶的な技巧で連射してくる。

機関銃を凌駕する速度は、底なしの魔力による力技によるものだろう。ただし、矢の狙いは無慈悲なまでに正確だ。

究極に達した武技が、私の命を絶やそうと尽力している。

魔王の鬼気を前に、私が感じたのは至上の喜びであった。

渇望した強者の力が、全力で立ち向かってくる。

私の武術を尽くしても尚、死が掠めていく。

そのような瞬間を幾度も体感していた。

感動のあまり涙腺が緩みそうになるも、意志の力で抑制する。

涙は視界を悪くするので不要だ。

私は気持ちの昂りを原動力に変えて、残る距離を駆け抜けていく。

(――残り五歩)

私は目視で換算する。

同時に、相手を間合いに捉えたことを確信した。

魔王はその場から一歩も動いていなかった。

弓師としての矜持か。
或いは私に対する礼儀かもしれない。
とにかく彼女は、最初の地点から動いていなかった。
魔王は変わらず弓を構えている。
至近距離から射撃を行おうとしていた。
その前に私は、下から弓を蹴り上げる。
狙いのずれた矢は上空へと飛んでいった。
視界から瞬時に消え去るも、活性する魔力の反応は不可解な挙動を描く。
高速で宙返りした矢は、背後から私を射抜こうとしていた。
私は矢を見ずに躱すと、脇腹を掠めたそれを掴む。
そして振り抜くように魔王の顔へと突き込んだ。
魔王は咄嗟《とっさ》に仰け反って避けようとする。
私は追い縋るようにして踏み込み、決して間合いから逃がさない。
伸ばした腕を介して、ついに鏃が鉄仮面に触れた。
表面に突き立って亀裂を放射する。
衝撃に耐え切れず、軋む鉄仮面が真っ二つに割れた。
――そこに覗いたのは、火傷痕のある美女の顔だった。

◆

魔王の素顔が見えた。
それを認識しつつも、私は手刀を繰り出す。
死合いに関係のないことであった。
魔王は黒い弓で食い止める。
手加減なしの手刀だったが、勢いが完全に殺された。凄まじい膂力によるものだ。
魔力は大して込められていないので、素の筋力が尋常でないのだろう。
（しかし、技量は分かった）
私は間を置かずに蹴り上げを行う。
身体強化で加速させた三連撃に、魔王は飛び退きながら辛うじて防御した。
一瞬の攻防を経て、魔王の右前腕が折れている。爪先が掠めたのだ。
肉体の強度に関しては、通常の魔族と大差ないようだった。
距離を稼いだ魔王が弓を構えようとする。
相変わらず素早い動きだが、この間合いならば脅威とはなり得ない。
接近した私は掌底で弓を破壊する。
側面に亀裂が走り、生成された魔術の矢が砕けた。

魔王は射撃を止めて蹴りを放つ。
私は上体を反らして躱すと、反転して回し蹴りを見舞った。
直撃した魔王は吹き飛んで地面を転がる。
土で汚れた魔王はなんとか立ち上がった。
無表情に血を吐いて、口元を拭う。
携えた弓はもう構えようとしない。
破損したことで、矢を飛ばす機能を失ったのだろう。
腰を落とした魔王は、弓を棍のように構える。
構えを見るに、それなりに心得はあるようだった。
ただし卓越した腕前ではない。彼女の技量は弓に特化していた。
それでも芯の通った瞳は、未だに勝利を掴もうとしている。
(いい目つきだ)
私は予備動作を飛ばして迫り、半身になりながら殴打を放った。
魔王は弓を使って紙一重で防ぐ。
鈍い衝突音と共に、亀裂がさらに広がった。あと一撃で完全に粉砕できそうだ。
(こちらの動きを追い切れていないな)
やり取りの中で判断した私は、弓を掴んで引き寄せる。
魔王が前のめりになったところで、そこに反対の手で手刀を打ち込んだ。

首を切り落とす角度に対し、魔王は片腕で遮る。

大質量の魔力を集中させて防御に徹していた。

私は無視して手刀を叩き下ろす。

捻りを加えた一撃は、魔力の防壁を突破して片腕をへし折った。

ドレスの袖から割れた骨が飛び出す。

腕を潰された魔王が顔を顰める。

「……ッ」

彼女はすぼめた口から火炎を吐いてきた。

至近距離からの不意打ちだったが、私はその場にいない。

魔王の死角に回り込むように移動すると、火を噴く背中に肘撃を加えた。

受け身も取れず、魔王は炎を散らしながら地面を転がる。

土を掻きながら立ち上がろうとして、またもや血を吐いた。そこには肉片も混ざっている。

直前の肘撃は、彼女の身体を徹底的に破壊した。

まず背骨と肩甲骨を砕き、衝撃が伝播して内臓を引き裂いたはずだ。

体内の魔力も乱しておいた。

物理面でも魔術面でも致命傷となったろう。

しかし、魔王はなんとか立ち上がってみせた。

いつ死んでもおかしくないような状態だというのに、彼女は確かに立っていた。

私を殺すために復帰してきたのである。
魔王は弓を構えて突進してくる。
振り下ろされた弓を難なく受け流し、反撃で魔王の鎖骨を打つ。
砕き割る感触が、手を介して伝わってきた。
弓を持つ魔王の腕が脱力する。
そこに蹴りを浴びせると、彼女は折れた腕を犠牲に防御をした。
地面を滑りながら後退し、ついには弓を取り落とす。
「終わりだ」
「勝手に決めるな」
即座に応じた魔王は、最大出力で魔力を放出させる。
赤黒い光が、彼女の全身を炎のように包んだ。
折れた両腕が無理やり持ち上げられた。筋肉と骨が軋む音がした。
血を滴らせながらも、魔王は両腕をぎこちなく動かす。
そして、弓を引くような構えを作った。
放出された魔力が集束し、腕の構えに合わせて弓と矢を形作った。
魔王は強靭な意志を宿した眼差しで、矢を引き絞って私を狙う。
正真正銘、すべてを懸けた一射であった。
（これが、執念か）

歓喜の情を必死に抑え込む。
殺戮衝動に震える全身を叱咤《しった》し、張り詰める意識を魔王だけに向けた。
このひと時を、五感で味わい尽くす。
間もなく矢が放たれた。
同時に私も動き出す。
極光の矢に片手を伸ばして、正面から掴む。
すぐに気の飛びそうな熱量に襲われた。
矢を掴む五指の皮膚が焼けて、血が蒸発する。
筋肉が千切れると、骨が割れて粉々になる。
その様を目にしながらも、私は決して指を離さない。
魔王が命を捧げて放った矢だ。
軽んじることは許されない。
渾身の力を込めて掴み続ける。
両脚の下で大地が陥没し、体勢が崩れそうになる。
私は砕けんばかりに歯を食い縛り、極光の矢を握り込んだ。
そこに体内に残る魔力を注ぎ込む。
魔術師ヴィーナの爆発エネルギーも含まれていた。
互いの全力で削り合う。

猛烈な痛みが魂に刻み込まれていく。
光越しに、魔王の顔が覗いた。
使命に駆られた者の、強さと葛藤を湛えた表情だった。

拮抗はそれほど長く続かなかった。
先に破砕したのは、魔術の矢であった。
矢は光の粒子となって霧散する。
衝突の反動により、私の片手は見るも無残な状態となっていた。
手首から先などは千切れかけている。
爪も皮膚も肉も消し飛んで、僅かな骨と靭帯だけが残っていた。
私は構わず前に走る。
呆然と立ち尽くす魔王に、無事な手で正拳突きを打つ。
空間の破裂する音がした。
魔王の身体が、音速を優に超える速度で城に叩き付けられる。
城は幻のように薄れて消失した。
もしかすると、魔王の力が存在の礎《いしずえ》となっていたのかもしれない。
渾身の一撃を受けた魔王は、膝から崩れ落ちた。
そしてゆっくりと倒れる。

今度はもう、起き上がろうとしない。

「………」

私は魔王に近付いていく。

ある程度の距離で止まると、そこから声をかけた。

「どうして後退しなかった。不利になるのは分かっていたはずだ」

「配下を殺され、て……退ける王が、いるもの、か」

魔王は顔を上げずに答える。

掠れた声だが、辛うじて聞き取れた。

倒れたままの魔王は私を呼ぶ。

「魔王殺しの、勇者……」

「なんだ」

「なぜ魔族を、殺す。異界の人間ならば、恨みはなかろう」

問答を受け付けなかった魔王も、胸中では疑問を抱いていたらしい。

こちらの素性や来歴も把握しているようだ。

片手の再生する様を一瞥して、私は答えを述べる。

「それが仕事だからだ」

強者と戦いたいという願いはある。
しかし大前提として、神からの依頼が挙げられる。
それがなければ、一目散に荒野へ来ることはなかったろう。
神から対価を得た私は、その時点で勇者だ。
与えられた使命を全うする他ない。
「……事務的、だな。もう少し、聞こえの良い言葉、は……なかったのか」
「すまない」
暗殺者としての人生が長すぎたのかもしれない。
世界を救うという内容さえ、仕事の一つと認識していた。
少なくとも、魔王の望む答えではなかったと思う。
自嘲する私は、そこで気付く。
魔王が呼吸をしていない。
彼女は既に死んでいた。
垂れ流された血液が、ひび割れた大地に染み込んでいる。

「……感謝する」

それだけ呟いた私は踵を返すと、来た道を戻り始めた。

遥か遠くに豆粒のような大きさの街が見える。
おそらくは荒野の外にある小国領土だろう。
時間はかかるが、歩けない距離ではない。
まずはリアとアンリに合流したい。彼女達ならば、きっと生きているはずだ。
戦いの顛末《てんまつ》も伝えなければならない。
様々なことを考えながら、私は血染めの大地を進む。

――その日、私は荒野の魔王を殺した。

エピローグ

「勇者アァァァッ！」

絶叫に近い怒声を上げて、魔族が跳びかかってくる。屈強な巨躯には、多数の腕が生えていた。目視できる範囲で二十本。死角に隠れていたり、透明になっているものを含めれば三十四本だ。

棍棒や短剣、ハルバード、鎌、槍など、それぞれの手が多種多様な武器を握っており、ほとんど同時に振り下ろされる。

魔族の観察をする私は身体を前に傾けた。

迫る武器に合わせて、両腕を霞むような速度で動かす。

三十四の武器が粉砕された。

それらを握る手が血飛沫を噴き、腕が折れて千切れ飛ぶ。

「な、何ィッ⁉」

魔族は困惑し、続けて腕の痛みに苦悶する。遅れて全身各所から血が噴出した。胴体の中央部に、拳の形をした陥没ができている。

ついに魔族は、口から泡を洩らしながら崩れ落ちた。

痙攣の末に息絶える。血だまりが地面に広がっていく。

私はその姿を冷徹に眺める。

左右の拳から白煙が上っているが、何もおかしな術は使っていない。

瞬間的に加速し、三十四の打撃で武器を破壊した後にさらなる一打で止めを刺したのだ。

気功術と魔力による身体強化がなければ不可能な芸当である。

だいぶ使いこなせるようになってきたものの、まだ完璧には程遠い。さらなる研鑽が必要だった。

「ウェイロン殿ー!」

呼びかける声に振り返る。

そこにはリアとアンリが立っていた。

逃亡した魔族を任せていたのだが、無事に片付いたらしい。二人で協力したことを鑑みても見事な手際である。

(素晴らしい成長ぶりだな)


荒野の魔王を倒してから三カ月が経過した。

私は二人と共に各地を旅し、行く先々で魔族や悪党を始末している。

魔王を倒した後、私は荒野に隣接する小国へ赴いた。そこで二人と再会した。

彼女達は魔族との戦いを生き残り、敵陣営を壊滅と敗走まで追い込んだのである。

執事レノルドには逃亡されてしまったそうだ。

彼は唐突に半狂乱に陥ったかと思うと、酷く狼狽《うろた》えながらどこかへ去ったという。おそらくは、
魔王の死を感知したのだろう。

あれからレノルドとは遭遇していない。しかし、どこかで報復を企んでいるのではないだろうか。暗躍の予感を覚えた。

その際は嬉々として挑むつもりだった。勝負を投げ出す形になったので、私も不満だったのだ。

あの場で共闘した堕落僧シンラは、いつの間にかいなくなったらしい。戦闘が終わる頃には、姿が見えなかったそうだ。

満身創痍でありながら、どさくさに紛れて逃げたものと思われる。

野垂れ死にそうな状態からよくやるものだ。

シンラもきっとどこかで生きているに違いない。時折、破城槌を振り回す魔人の噂を聞くことがある。複数国で高額の賞金首となった彼は、元気にやっているようだ。なかなかの曲者《くせもの》で、面白い。

レノルドと同様、仕留め損ねた相手でもあった。再戦が非常に楽しみだ。


潜伏していた魔族を倒した私達は帰還する。

ここから最寄りの街へ向かうのだ。

二週間前から拠点にしているが、近隣の魔族も殲滅できたので、そろそろ移動するつもりである。

(魔族は無視できない存在だ)

荒野の魔王の死は、魔族陣営のみならず各国に多大なる影響を与えた。

世界情勢も大きく変動したそうだが、私には関係ない。そういった方面にはもう関わりたくなかったのだ。様々な組織や勢力から勧誘を受けたが、残らず断っている。

唯一、帝国の皇帝との協力関係は維持していた。

アンリを借り受けている形で、対価として帝国内に潜伏する魔族を抹殺している。

情報は皇帝から提供されて、ついでに犯罪組織を壊滅させていた。

それが皇帝の政治基盤を固める結果となっていた。

上手く利用されている節があるも、別に構わない。

暗躍する魔族の殺害は、元から実行するつもりだった。

それに相手を利用しているのは私も同じだ。

皇帝は様々な情報に加えて、金銭面の補助もしてくれる。旅をするにあたって、私達が不自由しないように配慮していた。

あまり機会はないが、アンリとは別に皇帝の諜報員を使うこともできる。

皇帝は過度な利益は求めない。

一度も顔を合わせたことがないが、それなりに上手くやれていた。今後も利用し合える関係でいたいものだ。

荒野の魔王以降、新たな魔王とは遭遇していない。

各国を巡って居場所を突き止めて、順に倒していく予定だ。

今の私達ならば、相当に強い魔王でも仕留められるだろう。

荒野の魔王と言えば、彼女に関する補足情報を手に入れた。

なんでも彼女は重い病を患って、さらには内に秘めた炎に蝕《むしば》まれていたらしい。

普段は暴走しないことに専念していたという。

魔王の身を案じた配下の魔族達は、だから数に任せた無謀な突撃を仕掛けてきた。

結果としては意味がなかったが、魔王を守護しようとしていたのだ。

腐毒の魔王はただの獣だった。一方で荒野の魔王は、気高き精神を備えた君主だった。

苦しみの中で私と対峙し、魔族の代表として力を尽くしてきた。

印象が大きく異なる両者だが、どちらも確かに魔王である。

神の説明によると、魔王とは世界の不具合で生じた存在らしい。

詳しい生態については聞いていない。

荒野の魔王も、いずれは腐毒の魔王のように理性を失って怪物になったのかもしれない。

(そうなった状態こそが、世界を滅びに導くのか?)

私の疑問に答える者はいない。

魔王に関する情報は少なく、確たる証拠もなかった。だからこれはただの憶測に過ぎない。

しかし、本質的にはどうでもいいことだった。

その正誤に関係なく、私は使命を果たさねばならない。

神から与えられた仕事だ。

若さという祝福を受けている以上、最後までやり切らねばならない。

（……依頼と対価が枷《かせ》と鎖になっているな）
それに気付いた私は自嘲する。
もっとも、人間とは元来そういうものだろう。
誰でも何かに縛られている。私の場合、それが少し大それているだけだ。
（いつか、枷と鎖を千切る日が来るかもしれない）

私は唐突に考える。
今のところは神を裏切るつもりはない。
ただ、荒野の魔王との出会いは私の心境と認識に変化をもたらした。
それはまだ小さく、日々を過ごす中で枯れて消えるかもしれない。
或いは華やかに芽吹く未来もあるのだろうか。
まだ分からない。
本音から言えば、どうでも良かった。
深刻に考えるべきなのだろうが、これは第二の人生だ。
強者と死合いができれば、私は満足であった。
善でも悪でも立場を移ろえる。
今は善に寄っているが、気まぐれに転換してもいい。

それも人生だろう。
（神との死合い、か……）
世界を管理する者となると、さぞ楽しい戦いになるのではないか。

思考が危険な方向へ傾いたその時、肩を叩かれた。
我に返った私を、リアとアンリが見ている。不思議そうな眼差しだった。
いつの間にか足を止めていたらしい。

「大丈夫、ですか？」
「ああ、問題ない」

考察はこれくらいでいい。
難しい悩みは昔から苦手だった。本能に生きる性質なのだ。
その状況に直面した時に、また改めて考えればいいだろう。
（我ながら随分と楽観的になったものだ）
自らの変化に気付いて苦笑する。

老衰により命を落とした私は、こうして若き肉体で蘇った。

念願の強者と殺し合えている。
頼もしい弟子もできた。
それだけで心は満ち足りている。
だが、今後も素晴らしい相手が待っているはずだ。
想像するだけで胸が高鳴った。

いつか死ぬその時まで、異世界を謳歌《おうか》しようと思う。

あとがき

このたびは『転生無敗の拳法使い　～最強の暗殺者は異世界で武の極致を超える～』を手に取ってくださり、誠にありがとうございます！

本書は私の三シリーズ目の出版作品となります。

前作、前々作を読んでくださった皆様、またお会いできて嬉しいです！

正直に言いますと、次のシリーズはいつ出せるのだろうと考えていたので、こうして無事にご挨拶できたことにホッとしております。

本当にありがたい限りです。


あとがきを書くのはこれで二度目ですが、やっぱり何を書くべきなのか分かりません。

ここ最近で話題になりそうなことを考えても、特にありませんでした。

強いて言うなら、現在進行形で確定申告に追われていることくらいでしょうか。

この時期は毎年のように苦しめられている気がしますね。

原稿の締め切りに並ぶ強敵だと個人的には思います。

この本が皆様のお手元に届く頃には、私も確定申告を終えて舞い上がっていることでしょう。

来年こそは計画的に領収書の整理をしていきます。

それとあとがきに使えそうな話題も考えておきます。

さて、本作は時代に恵まれなかった老武術家が、異世界にて暴れまくる話となっております。若返ったことで全盛期の強さを手に入れて、それはもう力の限りに戦います。

異世界への転生・転移と言えば、神様からチート能力を貰う展開が王道ですが、この作品では最初から主人公が超人です。

銃火器等の現代兵器を素手で圧倒するような拳法使いが、剣と魔法の世界を満喫します。

一風変わったファンタジー作品として楽しんでいただければ幸いです。

最後になりましたが、本作に声をかけてくださったBKブックス様、素晴らしいイラストを描いてくださった桑島黎音様、そして読者の皆様、本当にありがとうございます！

今後も頑張っていきますので、どうぞよろしくお願いします！

それでは、またお会いできる時を楽しみにしております。

BKブックス

転生無敗の拳法使い

～最強の暗殺者は異世界で武の極致を超える～

2020年4月20日　初版第一刷発行

著　者　結城絡繰《ゆうきからく》

イラストレーター　桑島黎音《くわしまれいん》

発行人　大島雄司

発行所　株式会社ぶんか社
〒102-8405　東京都千代田区一番町29-6
TEL 03-3222-5125（編集部）
TEL 03-3222-5115（出版営業部）
www.bunkasha.co.jp

装　丁　AFTERGLOW

編　集　株式会社 パルプライド

印刷所　大日本印刷株式会社

ISBN978-4-8211-4550-8